Jan Anderson

Hilfe, mein Kaktus hat Herpes!

Buch

Guter Rat ist teuer – aber nicht im Internet! Wie absurd die Frage auch sein mag, das WWW spuckt garantiert und kostenlos eine noch absurdere Antwort aus. Ob die Katze zu laut furzt, die Warze zu weit wandert, der Nachbar zu laut poppt oder der Diesel nach Salatöl stinkt …
Hilfe ist nur einen Klick entfernt!
Tauchen Sie ein in die Abgründe deutscher Webforen, und erfahren Sie aus erster Hand, was Ihre Mitmenschen bewegt: Sie werden Antworten auf Fragen finden, die Sie sich noch nie gestellt haben – und aus dem Kopfschütteln nicht mehr rauskommen!

Autor

Jan Anderson, geboren 1974 in Schleswig-Holstein, arbeitete zunächst im elterlichen Fischereibetrieb. Er studierte Kommunikationswissenschaften in Helsinki; heute lebt und arbeitet Jan Anderson als Autor in Dithmarschen.

Jan Anderson

HILFE, MEIN KAKTUS HAT HERPES!

Die bekloppteste Fragen
und Antworten aus dem Internet

blanvalet

MIX
Papier aus verantwortungsvollen Quellen
FSC® C014496

Verlagsgruppe Random House FSC® N001967
Das FSC®-zertifizierte Papier *Holmen Book Cream* für dieses Buch
liefert Holmen Paper, Hallstavik, Schweden.

1. Auflage
Originalausgabe Januar 2014 bei Blanvalet Verlag, München,
einem Unternehmen der Verlagsgruppe Random House GmbH

Umschlaggestaltung: © Johannes Wiebel | punchdesign,
unter Verwendung von Motiven von Shutterstock.com
Redaktion: Viola Krauß
wr · Herstellung: sam
Satz: Uhl + Massopust, Aalen
Druck und Einband: GGP Media GmbH, Pößneck
Printed in Germany
ISBN: 978-3-442-38235-4

www.blanvalet.de

INHALT

EINLEITUNG

Onkel Google – unendliche Weiten, unendliche Tiefen. Und Untiefen. Wenn der moderne Mensch nicht weiterweiß, kann er sich auf einen Gefährten verlassen, der ihm treu zur Seite steht: das Internet – sein Freund und Helfer. Kaum ist ein Suchbegriff oder eine Frage eingetippt, erscheinen auf dem Monitor Dutzende von Websites, auf denen die Antwort (mal mehr, mal weniger aufschlussreich) zu finden ist. Immer häufiger stößt der Suchende im World Wide Web auf Foren, in denen andere Menschen bereits dasselbe Anliegen hatten und oftmals schon von anderen Forenmitgliedern mit wertvollen Tipps und Tricks versorgt wurden. Ob es sich um das Phänomen Einparken handelt, um das Leben mit High Heels, die Haltung von Laufenten als Schneckenbekämpfer oder die Verwendung von Salatöl als Diesel-Ersatz: Kaum ein Thema, das im Internet noch nicht diskutiert wurde.

Interessant wird es, wenn man sich in den Foren ein bisschen ausführlicher umschaut oder eine Plattform zu einem Themengebiet besucht, in welchem man nicht unbedingt zuhause ist. Wahre Perlen an nützlichem Allerlei warten dort darauf, entdeckt zu werden! Zum Beispiel Ratschläge dazu, wie man sich am besten verhält, wenn Männer den Tiger im Tank haben (»Was macht Ihr, wenn Euch Männer hinterherhupen?«). Oder dazu, wie man den Aggregatzustand einer Wasserschildkröte richtig einschätzt (»Wasserschildkröte – Ist sie in Winterstarre oder tot?«).Wer ahnt schon, dass Eifersucht hinter Miezis merkwürdigem Notdurft-Gebaren steckt (»Meine Katze kackt immer neben das Kisterl«)? Und hätten Sie gewusst, welche Dämmmaterialien die Nachbarwohnung am besten verstummen lassen (»Nachbarn poppen zu laut«)?

Wer sich in den Foren dieser Welt umschaut, erhält nicht nur Antworten auf Fragen, die ihm niemals in den Sinn gekommen wären. Man lernt zudem eine ganze Menge über die Natur des Menschen an sich, nicht zuletzt abzulesen an der Art der Sprache und dem Stil des Schreibens. Das Internet ist eine anonyme gefährliche Scheinwelt? Von wegen! Nirgendwo wird so ehrlich beraten (»Echt jetzt mal, such Dir ne Neue!«), gefachsimpelt (»Ich synchronisiere die Doppelvergaser nur bei niedriger Drehzahl«) und gelogen (»Hatte noch nie eine Rendite von unter 35 %!«). Tauchen Sie ein in die Menschlichkeit der Webforen, und lesen Sie, welche Themen Madmichael, Schnelles Bienchen 73, Silverdancer und Co. unter den Nägeln brennen.

DIE BEKLOPPTESTEN FORENBEITRÄGE

MEIN NACHBAR WOHNT NEBENAN

Vom Geranien-Dschungel auf dem Balkon bis zu nächtlichen Stöhngeräuschen: Mein Nachbar und ich

Wir Menschen sind bekanntlich Gruppentiere und haben unsere Herde mittlerweile weltweit auf rund 7 Milliarden Exemplare anwachsen lassen. Um uns im Alltag nicht ständig über den Haufen zu rennen und uns nach Feierabend nicht um eine Schlafmöglichkeit streiten zu müssen, haben wir uns ähnlich wie die Ameisen und andere Herdentiere angewöhnt, unser Miteinander durch praktische Einrichtungen wie etwa Straßen und Häuser zu organisieren. Das Leben in Städten bringt es mit sich, dass wir zumeist Tür an Tür bzw. Zaun an Zaun mit anderen Vertretern unserer Art leben. Das hat viele Vorteile, einige Nachteile und bringt mit Sicherheit eines mit sich: viele Nachbarn. Jeder von uns hat welche, und jeder von uns ist selbst Nachbar von irgendjemandem. Und wie das halt so ist, wenn viele Leute auf engem Raum leben, wirft die Nähe manchmal Fragen, oft Probleme und mitunter auch Hoffnungen auf:

»HILFE… meine Nachbarin ist ein Drachen!!!!!!
Was tun????«
(sweet78 auf www.netmoms.de)

»Hilfe! Meine Nachbarin heisst Eva Braun und ist blond!
Muss ich mir Sorgen machen?«
(Vanessa Loch auf de.answers.yahoo.com)

»Meine Nachbarin ist sehr heiss, hingucken oder wegschauen?«
(benassio auf forum.gofeminin.de)

»Hilfe, meine Nachbarin glaubt, sie wurde verhext.«
(mondschauer auf www.esoterikforum.de)

»Hilfe, meine Nachbarin ist ein Monster und macht mir das Leben zur Hölle.«
(fassadenknackerin auf forum.gofeminin.de)

»Meine Nachbarin ist eine Hexe!«
(stars.stripes auf www.tierforum.de)

»Also, mein Nachbar sieht aus wie ein Alien, riecht wie ein Alien und kommt sicher vom Planet der Spriti.«
(Erytheia auf www.e-wallpapers.to)

Da kann sich glücklich schätzen, wer »normale« Leute als Nachbarn hat, wobei der Begriff »normal« hier durchaus dehnbar ist. Denn auch die Menschen, die weder Drachen noch Monster oder anderweitig verhext sind, leben ihre Individualität zum Teil in überwältigender und drastischer Weise aus:

»Nachbar schmeißt Tierkot vor die Haustüre.«
(meyer wie müller auf www.landtreff.de)

»Hilfe, unser Nachbar-Junge (17) schießt mit einem Luftgewehr auf unsere Brieftauben.«
(Halbvier auf www.gutefrage.net)

»Hilfe, mein Nachbar pisst mir ständig ans Bein.«
(KFT534 auf www.wallstreet-online.de)

»Unser Nachbar fotografiert und filmt unsere Gäste.«
(HighCo auf www.forum.jurathek.de)

»Hilfe, unsere Nachbarn stinken!«
(Sumse66 auf www.123recht.net)

»Erbarmen, mein Nachbar steht auf Schlager!«
(Rockithard auf www.paradisi.de)

»Oh nein, unser Nachbar hat sein Gartenhäuschen mit nem HSV-Logo bemalt! Leute, so ein Unglück. Ich bin Bremer und bin mit meiner Familie letztes Jahr in ein neues Reihenhaus hier in Bremen eingezogen. Jetzt kommen wir gerade aus dem Urlaub und was müssen meine entsetzten Augen sehen: Unser Nachbar hat sein Gartenhäuschen in HSV-Farben bemalt und auf die Tür ein fettes HSV-Logo gemalt. Ich bin – na klar – Werder-Fan und steck jetzt echt in der

Klemme, denn eigentlich ist er ganz nett und hat uns sogar schon mal seine Heckenschere ausgeliehen… Was würdet ihr tun?«
(Kugelblitz auf www.fussballjunkies.de)

»Unsere Nachbarin hängt immer ihre Dessous auf den Balkon – mein Mann wird noch irre!«
(Helgaj58 auf forum.gofeminin.de)

»Lustloses TV-Kabel – mein Nachbar jubelt beim Fußballgucken immer ein paar Sekunden vor uns!«
(geheimagent auf www.frag-mutti.de)

Wir Deutschen haben uns in Sachen Recht und Ordnung einen gewissen Weltruhm erarbeitet, und so verwundert es nicht, dass wir regelmäßig prüfen, ob in unserer Welt noch alles sauber und korrekt vonstattengeht. Hierbei steht meist weniger das eigene Handeln im Fokus, sondern vielmehr das Tun bzw. Nichttun unserer Mitmenschen, was wiederum die regelmäßige Frage beinhaltet, die wir bereits im Sandkastenalter zu stellen gelernt haben: »Darf die/der das so machen?« Viele von uns haben deshalb im Laufe der Jahre hochgradig sensible Antennen für solche Belange entwickelt, die in so manchem Forenbeitrag zutage treten:

»Augenpest: Unsere Nachbarin knallt ihren Balkon komplett mit Geranien voll – kann man das verbieten? Unsere liebe Nachbarin (ca. 120 Jahre alt) hat auf ihre alten Tage einen Geranien-Fetisch entwickelt. Ihr Balkon sieht nun aus wie ein Blumen-Puff und fällt schon von weitem negativ

ins Auge. Unsere Hausordnung verbietet so ziemlich alles (z.B. Wäsche auf dem Balkon aufhängen, auf dem Balkon grillen, auf dem Balkon Musik hören etc.). Ob man in diesem Zuge darauf einwirken könnte, die Geranienanzahl auf eine für alle erträgliche Anzahl zu reduzieren? Hat jemand Erfahrung mit sowas?«
(no mam auf www.paradisi.de)

»Darf mein neuer Nachbar Baumaterial mit dem Kran über mein Haus heben?«
(hkurz auf www.stern.de)

»Kostet es etwas, die Feuerwehr zu holen, wenn der Nachbar im Garten etwas verbrennt?«
(Flauschküken auf www.gutefrage.net)

»Darf mein Nachbar mich mitten in der Nacht rausklingeln, weil ihn vergessene Wäsche auf der Treppe stört?«
(Gast 72655 auf www.guter-rat.de)

»Heuschnupfen: Pollen vom Nachbarn fliegen herüber – kann ich Unterlassen verlangen?«
(ratgeber auf www.recht-gehabt.de)

»Darf mein Nachbar mir das Rauchen verbieten?«
(funnylady1982 auf www.urbia.de)

»Kann ich meinem Nachbarn verbieten, dass sein Kater mein Grundstück betritt?«
(deaktivierter_User auf www.cosmiq.de)

»Hilfe: Mein Nachbar lässt sein Auto im Garten laufen und leitet die Abgase in einen Maulwurfbau. So ein *****. Würd ihn am liebsten anzeigen.«
(BenSC auf www.hiogi.de)

Doch nicht jeder möchte gleich den Rechtsweg einschlagen, und so mancher überlegt gar, ob man vielleicht auch ohne Anwalt mit den Nachbarn auskommen könnte. Da tut es gut, sich mit anderen Leidgeplagten auszutauschen und zu erfahren, mit welchen Tricks man sich gegen lärmende, stinkende, filmende oder auch Tierkot verteilende Nachbarn zur Wehr setzen kann.

Auch Aktivitäten, die hinter verschlossenen Türen in Nachbars Wohnung stattfinden, können stören. Zahlreiche Foreneinträge zeugen von regem Verkehr in der Nachbarswohnung und den damit einhergehenden akustischen Beeinträchtigungen:

»Nachbarn soooo laut dabei * es nervt langsam.«
(sachlich- auf www.urbia.de)

»Quietschendes Bett – Nachbarin macht mich fertig.«
(Leyla02 auf www.hilferuf.de)

»Stöhnalarm – Ich glaub mein Nachbar nimmt Viagra.«
(peacefrog346 auf www.freenet.de).

»Nachbarn poppen zu laut… [GSBP-Hobby-Juristen zu mir!]«
(BlithE auf www.gamestar.de)

Bei allen, die in Stöhnweite ihrer Nachbarn wohnen und sich durch amouröse Geräusche aus der Nebenwohnung unter Druck gesetzt fühlen, dürfte der Eintrag von Kuddelinchen auf forum.gofeminin.de für Entspannung sorgen: »Stöhngeräusche vom CD-Player! Hallo, ich möchte nur erinnern, dass man Stöhngeräusche auch von Tonträgern abspielen kann, um bei Nachbarn einen sehr potenten Eindruck zu schaffen! Gruß Kuddelinchen«

Auch andere Einträge zeigen viel Phantasie und geben wertvolle Ratschläge, wenn die Leidenschaft nebenan Leiden schafft:

»Zurückpoppen!«
(kleinundgrün auf www.allmystery.de)

»Rüber zu den Nachbarn gehen und fragen, ob du nicht mitmachen kannst. ... Dann ist es nicht mehr so laut in deiner Wohnung für Dich!«
(Héritage auf de.answers.yahoo.com)

»Versuch doch mal das alles aufzunehmen. Würde es dann auf CD brennen und den liebestollen Nachbarn in den Briefkasten werfen...«
(comikeus auf de.answers.yahoo.com)

»Pack die Bohrmaschine aus wenn die es machen.«
(DarkDeep auf www.allmystery.de)

»Boxen an die Wand, Luftgitarre in die Hand und zurückpoltern. Am besten nachdem sie fertig sind und der Kerl eingeschlafen ist.«
(-ripper auf www.allmystery.de)

Die obigen Einträge zeigen eindrucksvoll: Liebe kennt keine Grenzen. Keine Wand könnte je zu dick sein, keine Tür zu fest verschlossen. Und natürlich ist ein Mehrfamilienhaus auch ein prima Ort, um sich gleich dort nach neuen Partnern umzusehen und seinem Nächsten im lockeren Gespräch bei Kaffee und Keksen noch näher zu kommen:

»Hilfe, meine Nachbarin rueckt mir auf die Pelle«
(deaktivierter_User auf www.cosmiq.de)

»Nachbarin (verh.) baggert mich an!«
(timmili auf www.board.gulli.com)

»Hilfe, meine Nachbarin macht mir schöne Augen
obwohl sie mindestens 20 Jahre jünger ist als ich. Darf ich annehmen?«
(Gast auf www.cosmiq.de)

»Oh je, meine Nachbarin (Oma) schenkt mir immer selbst gebackene Kekse – will sie was von mir? Hi Leute, das klingt jetzt merkwürdig, ist aber echt schwierig: Meine Nachbarin (alleinstehende Oma) fängt mich (ich bin 24) immer im Treppenhaus ab, wenn ich nach Hause komme und will mich zum Tee einladen und mit mir Kekse essen und so. Ich lehne natürlich immer freundlich dankend ab

und geh jedesmal mit nem Teller Plätzchen in meine Bude. Ich werd das Gefühl nicht los, dass sie nicht nur freundlich zu mir sein will, sondern dass mehr dahinter steckt. Aber ich kann ihr ja schlecht sagen, dass ich nichts für sie empfinde. Wie komme ich aus der Nummer raus, ohne dass es für sie oder für mich peinlich wird? Ich kann ja nicht bis ans Ende ihrer Tage immer die Kekse von ihr geschenkt bekommen…«
(silverdancer auf www.lovehelp.de)

Doch nicht immer sind die Signale so eindeutig wie das Angebot von selbstgebackenen Keksen, und manchmal stellt sich die Frage, ob der Nachbar vielleicht einfach nur freundlich ist bzw. lediglich einen eigenwilligen Kleidungsstil hat:

»Nachbarin läuft mit Tanga im Garten rum.«
(malle 87 auf www.gutefrage.net)

»Nachbar läuft halbnackt durchs Treppenhaus. Wir wohnen in nem Mehrfamilienhaus und ein Nachbar läuft des Öfteren nur in Unterhose (die nicht wirklich sauber ist) im Treppenhaus rum! Wieso auch immer…nur finden wir anderen Nachbarn das nicht so toll da auch Kinder im Haus wohnen und wollten wissen was man dagegen tun kann?«
(previa auf www.gutefrage.net)

»Meine Nachbarin läuft mir jeden Abend nur mit dem Bademantel im Treppenhaus über den Weg.«
(Tom M auf de.answers.yahoo.com)

Nicht selten allerdings liegt die Vermutung nahe, dass hinter dem nachbarschaftlichen Gebaren vielleicht doch ein wenig mehr steckt, wie die folgende Diskussion auf www.med1.de erkennen lässt und zeigt, zu welch ausuferndem Austausch derartig »wichtige« Fragen offenbar verleiten:

Nachbarin zeigt sich beim Duschen

Frage von **Nachtmännlein**
Seit geraumer Zeit duscht meine Nachbarin immer abends, braucht also Licht im Bad. Lässt aber den Rollladen nicht runter, sodass man volle Einsicht hat! Ist mir durch Zufall aufgefallen, wo ich mal im Schlafzimmer war (Bad ist genau gegenüber). Hatte auch das Gefühl, dass Sie es merkte, dass ich im Schlafzimmer bin! Es fällt ja auch auf, wenn es dunkel ist und man das Licht an hat. Zumal es nur 5 Meter sind zum Nachbarhaus. Nun ist es oft so, sobald ich jetzt im Schlafzimmer abends bin, geht 1–2 Minuten später das Licht gegenüber an, und Sie zieht sich aus und duscht. Ich denke, dass ist ein Spielchen von ihr und sie macht es mit purer Absicht! Was meint ihr?

↳ Antwort von **HabSpass**
Sieht sie denn gut aus?

↳ Antwort von **AphroditisPalace**
Ist das Aussehen wichtig, um herauszufinden, ob das ein Spielchen ist oder nicht?

↳ Antwort von **HabSpass**

Dafür wohl nicht. Aber für die Frage, ob man mitspielen soll…

↳ Antwort von **Nachtmännlein**

Ist ganz hübsch anzusehen!

↳ Antwort von **HabSpass**

Hat sie einen Freund?

↳ Antwort von **Nachtmännlein**

Ja, auf jeden Fall!

↳ Antwort von **HabSpass**

Willst du herausfinden, ob es ein Spielchen ist, dann kannste es ja ihr gegenüber mal ansprechen, wenn du sie auf der Straße oder so triffst. Also vielleicht nicht total plump, sondern mehr auf die Jahreszeit und Dunkelheit und schönes warmes Duschen etc. bezogen. Willst du sie weiter beobachten, hältst du vielleicht besser die Klappe, ansonsten kann es sein, dass sie ihre Rollläden dicht zu macht. Hast du sie denn auch schon mit ihrem Freund duschen gesehen?

↳ Antwort von **Nachtmännlein**

Geht aber nicht darum ob Sie einen hat oder nicht. Denke, dass Sie mich reizen möchte! Braucht nie lange zum Duschen aber um so länger um sich abzutrocknen.

↳ Antwort von **faithless**

Ich würd mir erst mal gar nix bei denken. Ist im Umgang mit Frauen Mittel der Wahl.

Aber aufmerksam beobachten kannst Du den Sachverhalt ja schon.

↳ Antwort von **Nachtmännlein**

Wenn Sie mich auf der Straße sieht, strahlt Sie mich immer an!

↳ Antwort von **Yogi38**

gleiches tun

Beim nächsten Mal, wenn du die Nachbarin nackt siehst, ziehst du dich auch aus und zeigst dich ebenfalls nackt am offenen Fenster, so dass die Nachbarin dich sieht. Abwarten wie sie dann reagiert…

↳ Antwort von **HabSpass**

@Yogi

Kann aber genauso in die Hose gehen, wie das Ansprechen. Wenn es keine Absicht sein sollte, ist dann vielleicht Schluss, wenn sie erstmal gemerkt hat, was man so alles sieht.

↳ Antwort von **Kater1967**

immer nur hinsehen ist mit der Zeit langweilig. Kannst vorsichtig ja mal was probieren, sie muss ja nicht merken, dass es volle Absicht ist. Taste Dich langsam dran.

↳ Antwort von **lilablassblau**

Wie wär's mit »Der Genießer guckt und schweigt …« Wenn sie dich auf der Straße anlächelt: Glaubst du, sie will was von dir? Dann lad sie mal zu einem Glühwein oder so ein, da merkst du bald, woran du bist.

Egal ob Tanga-Präsentation im Garten, »Open Dusch« im Badezimmer oder eingehend diskutierte Bademantel-Show im Treppenhaus: Fast immer und hier offenbart sich, dass nicht jeder mit dem Aussehen seines Nachbarn umzugehen weiß. So fragt sich zum Beispiel K. weiserwolf auf www.platinnetz.de: »Hilfe meine Nachbarin ist so häslich – was soll ich tun?« und darf sich über guten Rat von Ehemaliges Mitglied freuen: »Ist die Nachbarin haesig oder haesslich. Bei Haesigkeit zum Glas Wein einladen, bei Haesslichkeit ignorieren!!«

Auch andere Einträge beschäftigen sich ganz offen mit dem Aussehen der Nachbarn und scheuen sich nicht davor, selbst schwierige Bereiche anzusprechen:

»Hilfe, mein Nachbar hat einen Oberlippenbart!«
(LonelyLucy auf www.paradisi.de)

»Partnerlook? Meine Nachbarin sieht aus wie ihr Pudel!«
(Elwislebt auf www.allround-talk-forum.com)

»Seit mein Nachbar trainiert, rennt er immer in hautengen Sachen rum, zeigt seine Muckis und findet sich heiß. Wie kann ich ihm klar machen, dass wir Frauen auf sowas nicht stehen?«
(Hotnancy auf www.jolie.de)

Nein, nicht alle verlieben sich in ihre Nachbarn oder können sich über deren Eigenarten amüsieren. Der ein oder andere Eintrag zeugt davon, wie schwierig es sein kann, mit mehreren Parteien im selben Haus oder auch nur in derselben Straße zu leben, und einigen ist die Lust an diplomatischen Lösungen gründlich vergangen:

»Wie kann ich meine Nachbarn so richtig ärgern?«
(tanisosa auf de.answers.yahoo.com)

»Wie kann ich meine Nachbarn legal ärgern?«
(Louise 15 auf www.gutefrage.net)

»Wie kann ich meinen Nachbar effektiv ärgern, nichts ungesetzliches natürlich?«
(frau holle auf www.kurzefrage.de)

Wer mit derlei Fragen das Ende der diplomatischen Beziehungen einläutet, hat den Nährboden geschaffen für fantasievoll-gemeine Vorschläge, wie man es den »lieben« Nachbarn tüchtig heimzahlen kann:

»Ich schick dir ein paar samenkoerner von spanischem unkraut, das blueht wunderschoen, aber du kriegst es ums verrecken nicht wieder aus dem boden raus, das kannste ihr dann ueber den zaun schmeissen.«
(lceauf auf de.answers.yahoo.com)

»Dem Nachbarn die Frau ausspannen und dann mit ihr nebenan wohnen bleiben.«
(Gast auf www.ioff.de)

»Kack auf eine Zeitung, leg sie vor der Haustür und zünde sie an. Er tritt auf Garantie das Feuer aus und latscht in die Scheiße. Scheiß ihn in den Postkasten.«
(konny27 auf www.gutefrage.net)

»Am meisten kannst du die Nachbarn ärgern, wenn du ihnen keinen Anlaß gibst, so schwer das auch sein mag, und dann richig »Scheißfreundlich« bist.«
(Snuffi auf de.answers.yahoo.com)

»Ganz heißer Tipp: Micro-Heimchen! Diese possierlichen Tierchen dienen normalerweise als Futter für Baby-Reptilien (gibt es z.B. in Tiergeschäften in praktischen Plastikdosen für 1,69 Euro zu kaufen) und treiben den Nachbarn – einmal in der Wohnung losgelassen – wirklich extrem zum Wahnsinn weil er sie mangels geeignetem Fachwissen schwer wieder los wird.«
(maxipro auf www.cosmiq.de)

»Lass' viele Kinder (geräuschintensiv) in deinem Garten spielen.«
(FenceFriend auf www.kurzefrage.de)

»Pflanze in eine Ecke von Deinen Garten, in der Nähe der bösen Nachbarn, ein paar Disteln. Die Saamen fliegen in Wolken überall hin, und jedes Korn, das den Boden trifft, wächst zu einer Distel heran.«
(Montag auf de.answers.yahoo.com)

»kipp ein paar liter baldrian über die fensterbänke…das lockt katzen an, und die machen einen riesen lärm! besonders nachts sehr nervend und ärgerlich.«
(Kulbassa auf www.kurzefrage.de)

»Wenns nur Krach sein soll: vier…fünf Gehwegplatten im Baumarkt kaufen, auf den Boden legen und wenn möglich mit der Hilti Löcher bohren, eins neben dem anderen…… Normale Schlagbohrmaschine geht aber auch und man hat mehr Platz für Löcher.«
(velodog auf www.gutefrage.net)

»Schick einen Brief an ihn, mit einen zarten Tanga drin und danke ihm für die tolle Nacht!!!«
(Lilifee auf de.answers.yahoo.com)

»Ich würde von einer Telefonzelle aus unter seinen Namen einen Pizza-Lieferdienst anrufen und mehrere Pizzen bestellen.«
(That's Hot auf de.answers.yahoo.com)

»Lies Donald Duck, das Magazin für erwachsenes Verhalten, wie er seinen Nachbarn Krumbiegel ärgert. Da sollte für jede kindische Laune was drin sein!«
(weihnachtsmann auf de.answers.yahoo.com)

An dieser Stelle muss der Wahrheit halber angemerkt werden, dass die meisten Tipps zum Umgang mit doofen Nachbarn in Richtung »Ruhe bewahren, freundlich sein, miteinander reden« formuliert sind. Wer hätte gedacht, dass gerade im scheinbar anonymen Internetforum der Geist der christlichen Nächstenliebe zu spüren ist und dass Rachegelüsten mit Botschaften des Friedens begegnet wird? Es wärmt einem das Herz zu sehen, wie die Menschen sich für eine gute Nachbarschaft und ein friedliches Miteinander einsetzen. Dass allerdings auch freundlich gemeinte Nachbarschaftshilfe ohne jeglichen Hintergedanken turbulente Diskussionen auslösen kann, belegt der leicht gekürzte Austausch auf www.kurzefrage.de:

Roher Fisch für Kater Klaus?

Frage von **niceNurse**
Mein Nachbar ist Angler. Er angelt stets und ständig und rund um die Uhr. Fast ebenso oft kommt er mit selbstgeangeltem, rohem Fisch für Kater Klaus an. Ich finde das ja einerseits sehr nett von ihm, aber andererseits könnte ich jedesmal kotzen, wenn ich den Fisch für Klaus zubereiten, sprich kochen muss. Kochen muss man den wohl, sonst ist er zu schwer verdaulich (sagt mein Nachbar). Stimmt das? Ich verzweifel hier noch, denn ich kann ihm irgendwie nicht sagen, dass er seine ollen Fische doch bitte im Fleet lassen soll. Wenn ich den Fisch roh servieren könnte, wäre alles ok, aber dieser Gestank von Kochfisch ist unerträglich für mich. Bitte sagt mir doch, dass Katzen auch rohen Fisch essen können – das würde mich sehr glücklich machen ;-))?«

↳ Antwort von **loetho**

... und vergiss dabei nicht, auch Mäuse müssen vorher gekocht werden ....sonst kriegt die Mieze Bauchweh ;-)

↳ Antwort von **chillerin**

Meine Katze hat Fisch roh gegessen; und wenn sie sich in der freien Natur einen Fisch selbst geangelt hätte (manche machen das, meine war allerdings wasserscheu), hätte sie sie mir auch nicht erst zum Zubereiten gebracht, sondern gleich so verspeist. Mäuse habe ich ihr übrigens auch nicht erst braten müssen.

↳ Antwort von **bassmatz**

Das riecht nach ärger... Klaus m u ß künftig rohes Tier mampfen, ob ihm das passt? Katzen reagieren sensibel auf Veränderungen, überleg dir das lieber nochmal :))))

↳ Antwort von **Unbekannt**

Unsere Katzen haben damals auch nur gekochte Mäuse, Vögel, Spinnen, Mücken gefressen.
Die Fische haben sie aber nur aus dem Teich, wenn er pochiert oder überbacken war. ;o))

↳ Kommentar von **niceNurse**

Klaus liebt seinen gekochten Fisch, aber ich weiß nicht, wie lange ich ihm diesen Liebesdienst noch erweisen kann. Was für ein Gestank...:-(((
Ich habe jetzt mal in einem dieser unerträglichen Katzenforen nachgelesen. Da heißt es, dass in manchen Fischsorten Thiaminase drin ist, welches irgendwelche

Vitamine zerstört. Das (sowie auch Würmer) kann nur durch Kochen unschädlich gemacht werden. Seufz. Ach Kläuschen...:-))

↳ Antwort von **Unbekannt**

Dann wirf den Fisch doch zurück in den Fleet. Irgendwann wird er sicher in die Nordsee treiben und dann in irgendein Netz gelangen, dessen Inhalt dann zu Katzenfutter verarbeitet wird. Dadurch ersparst du dir ne Menge Gestank. Aber sei froh, dass Klaus nich auf frisch zubereitete Leberwurst fixiert ist!

↳ Antwort von **Unbekannt**

Ich glaube eine Katze, die »Klaus« heißt, kann keinen rohen Fisch fressen.

> ↳ Kommentar von **niceNurse**
>
> *Ach nein, ich kann ihn doch nicht einfach so enttäuschen. Er würde das nicht verstehen. Den Fisch von heute habe ich auch schon gekocht. *stinkalarm* Aber ich liebe mein Kläuschen doch so...:-))))))))*

↳ Antwort von **Unbekannt**

Eine Katze die »Klaus« heißt und »Kläuschen« genannt wird KANN keinen rohen Fisch essen. Never.

↳ Antwort von **Querkopf**

Was für ein Umstand! Sag deinem Nachbarn, dass es besser wäre, wenn er den Fisch in Dosen anliefern würde. Besser für Klaus, besser für nicenurce und besser für den Fisch.

↳ Antwort von **Tupsi**

Ich würde da ein bißchen notlügen: Kannst Du dem Nachbarn nicht eine kleine Geschichte auftischen, dass Klaus beim Tierarzt war (wegen irgendeiner Impfe meinetwegen) und der Doc hätte stirnrunzelnd gesagt, der Kater wäre zu dick und müsse dringend weniger essen…? Also besonders weniger FISCH essen …???

↳ Antwort von **Unbekannt**

Deine Katze ist faul … sie soll selber kochen … so wie das ständig alle Katzen in freier Wildbahn machen … ;-)

↳ Antwort von **bassmatz**

Überhaupt frage ich mich ernsthaft, weswegen er soviel angeln muss. Ist es Ehrgeiz? Befriedigung niederer Lüste? so wie sich das liest, ist das eher vorsätzlicher Mord…das hat mit Entspannung oder Sport doch nichts mehr gemeinsam. Ist das ein Rentner oder Arbeitsloser?

↳ Antwort von **chillerin**

Also, ich habe soeben den bekannten Filmtiertrainer und Tierheilpraktiker Joe Bodemann gefragt. Er hat ein wenig nachgedacht und gemeint, wegen dieser Thiadingsbums (also er hat schon den richtigen Namen gesagt) vielleicht doch lieber kochen. Muss aber nicht immer sein. Er selbst gibt den Thunfisch aus der Dose (natürlich in Wasser, NICHT in Öl).

Best of kluge Forensprüche und lustige Signaturen

- Die Wahrheit über einen Menschen erfährt man am besten von seinem Nachbarn.
- Ein Hund, der bellt, nervt. Ein Hund, der nicht bellt, mag zwar beißen, aber er nervt nicht.
- Wer abends lang saufen kann, kann auch morgens kurz saufen.
- Der beste Advokat ist der schlimmste Nachbar.
- Mensch ärgere dich nicht. Ärgere die anderen!
- Wenn mein Nachbar seine Alte knallt, ruf ich einen Rechtsanwalt.
- Wo das Recht des einen anfängt, hört das Link des anderen auf.
- Tue Gutes: Dein Nachbar erfährt es nie. Tue Böses: Man weiß es auf hundert Meilen.
- Ich hoffe, mein Schaden hat kein Gehirn genommen.
- Party am Wochenende bei uns … Eintritt: 1 Euro, Fünf Tritte: 3 Euro.
- Nachts sind alle Kater blau.

STARS IN DER MANEGE

Von furzenden Katzen bis zur fachgerechten Entsorgung toter Riesenfische: Mein Haustier und ich

Der Werbespruch für Katzenfutter »Ist die Katze gesund, freut sich der Mensch« bringt es auf den Punkt. Wer sich ein Haustier hält, sorgt sich zu jeder Zeit um dessen Gesundheit, und nicht selten gehen die Leute mit ihren pelzigen, gefiederten und mitunter auch geschuppten Freunden häufiger zum Tierarzt als sie selbst zum Hausarzt. Doch ähnlich wie beim Menschen werden Gesundheitsfragen heutzutage immer häufiger im Internet geklärt: Bei Problemen in puncto Wohlbefinden fragen sie nicht ihren Arzt oder Apotheker, sondern Onkel Google. Schnell finden sich Gesprächspartner, deren Rassemäuse, Stubentiger, Riesenpythons oder Koikarpfen ähnliche Fragen haben aufkommen lassen. Schneller Rat ist gut gefunden, der Umgang miteinander ist ehrlich und verständnisvoll, mitunter sehr Trost spendend.

Wenn es um Gesundheitsfragen für die lieben Lieben geht, wird mitfühlend Klartext gesprochen:

»Meine Katze hat Verstopfung«
(Gerlin auf www.gutefrage.net)

»Mein Hund hat Dünnschiss, so dünn wie beim Pipi machen! Also, ich war grade eben mit meinem Hund draußen, bin ein Stück mit ihm gelaufen und er hatte fürchterlichen Dünnschiss! 3 mal hat er gekackt und das so dünn, wie bei ihrem Pipi machen!«
(Molly1234 auf www.gutefrage.net)

»Hilfe… Katze furzt ständig…«
(Grimta auf www.tierforum.de)

Wie schlimm es um Catwoman 401 steht, lassen schon die 12 Ausrufezeichen hinter ihrem Hilferuf auf forum.gofeminin.de erkennen: »Hilfe, unser Kater kackt in letzter Zeit nicht mehr ins Katzenklo!!!!!!!!!!!!« Sicherlich wird sie große Erleichterung verspüren, wenn sie liest, dass sie mit ihrem Problem nicht alleine dasteht, sondern vielmehr eine offenbar weit verbreitete Sorge anspricht:

»Meine Katze kackt immer neben das Kisterl – gibt es da Hoffnung auf Besserung?«, sorgt sich Dannii auf www.gutefrage.net. Sie und natürlich auch Catwoman 401 dürften wenig Hoffnung schöpfen, wenn sie den Eintrag von wwwquestion auf www.gutefrage.net lesen: »Katze kackt immer neben die Toilette. Das hier ist mein letzter Versuch, bevor ich die Katze zum Mond schießen werde. Wir haben seit nun einem halben Jahr zwei kleine Katzen (Geschwister) und am Anfang lief alles gut. Dann fingen sie an in die Badewanne zu kacken…. mittlerweile sind wir soweit, dass nur noch eine Katze neben das Katzenklo kackt, die andere geht immer schön auf die Toilette. […]«

Doch nicht nur die Vielzahl an Katzenhaltern, die mit den auffälligen Kot-Praktiken ihrer Liebsten zu kämpfen haben und in erstaunlicher Offenheit der offenbar interessierten Online-Community auch die unappetitlichen Details preisgeben, mindert durch aufkommendes Gemeinschaftsgefühl den Leidensdruck. Zum Glück gibt es jede Menge Forumsmitglieder, die mit kostbarem Rat und wertvollen Tipps zur Seite stehen. So dürfen sich Katzenhalter, deren Miezen bevorzugt die Badewanne zur Verrichtung ihrer Notdurft nutzen, etwa an folgendem pragmatischem Rat erfreuen:

»Kacken in die Badewanne ist leicht behoben. Ein paar cm eiskaltes Wasser rein und stehen lassen. Die geht nie wieder dahin.«
(Katzentraum auf www.gutefrage.net)

Oft stellt sich heraus, dass Umgangsformen, die sich bei uns Menschen über die Jahrhunderte bewährt haben, auch bei Problemen mit Haustieren hilfreich sein können:

»Wichtig ist, dass der Fressnapf nicht neben dem Klo ist – das haben sie gar nicht gern. Und dass das Katzenkisstchen immer schön sauber ist. Die Katzen [sollten] nicht gestört werden dabei (z.B. sollten Leute nicht zuviel daneben stehen / gehen).«
(Simoendli auf www.gutefrage.net)

Wer sich in den Haustierforen umschaut, wird oft freudig feststellen, dass sich das eigene Problem im Vergleich zu den Sorgen anderer Fragesteller als sehr gering darstellt. Bestimmt machen sich Adelheide und Piepsi mit ihren Einträgen »Kater kackt in Nachbargarten.« (www.tierforum.de) und »Meine Katze kackt den ganzen Rasen voll. Was soll ich tun?« (forum.deine-tierwelt.de) ernsthafte Sorgen um das Benehmen ihrer Katzen. Und klar ist es auch wirklich unschön, wenn Katzen das Katzenklo nicht richtig treffen. Doch ein Blick auf die Nöte anderer Mitglieder zeigt: Es geht noch viel schlimmer!

»Neuer Kater kackt überall hin …«
(Nico auf www.wer-weiss-was.de)

»Kater kackt die Wohnung voll.«
(Susanne auf forum.zooplus.de)

»Hilfe-Katze kackt plötzlich bei Tochter aufs Bett.«
(Schmusehase 007 auf www.forum.deine-tierwelt.de)

Auch hier stehen die anderen User einfühlsam und mit guten Tipps zur Seite. Wen die Frage »Wie alt ist deine Tochter?« des Forummitglieds Kimmi irritiert, ist noch nicht tief genug in das Thema eingestiegen, wie folgende Einträge zeigen:

»Katze pinkelt auf unsere Sachen seit das Baby da ist.«
(Janijuli auf forum.gofeminin.de)

»PROBLEM: Katze kackt und pinkelt auf Betten & Co.
Hi ihr Lieben. Ich bin neu hier und hab nen riesen Problem. Gismo, mein 7monate alter Kater ist vor 2 Monaten hier

eingezogen. Jetzt pinkelt und kackt meine alte Katze Molly (9 Jahre) überall hin. Sie ist immer auf die Katzentoilette gegangen, aber jetzt geht sie gar nicht mehr. [...] Vor allem nimmt sie immer das Bett meines Bruders und wenn das so weiter geht muss ich ne neue Matratze kaufen«, klagt Cyberice auf www.forum.deine-tierwelt.de und zeigt, dass verhaltensauffälliges Verrichten der Notdurft nicht nur unschön ist, sondern auch teuer werden kann. Zum Glück gibt es den Tom, der die Ursache klar erkannt hat: »Deine Katze ist eifersüchtig wie Sau! Ganz klar. [...] Ganz wichtig: die »alte« Katze immer zuerst begrüßen, streicheln und hofieren...das braucht sie einfach...«

Klar, Eifersucht – der Gedanke liegt nahe. Wer von uns würde sich in so einer Situation nicht ähnlich benehmen? Manche Verhaltensweisen sind allerdings tiefgründiger bzw. nicht auf den ersten Blick durchschaubar. So schreibt Kittywhisky auf gutefrage.net: »Katze pupst beim Kuscheln«, was an sich ja schon einen Eintrag wert ist. Doch das Pupsen an sich scheint gar nicht das Problem zu sein, denn sie fährt fort: »Aber nur bei mir. Warum???« Der Hinweis von Suluvandoo zu diesem Thema ist sehr einleuchtend: »Vielleicht drückste oder streichelste ihren Bauch zu sehr – ich kenn mich mit Katzen leider nich so aus.«

Klar, wenn man Katzen sehr stark auf den Bauch drückt, muss irgendwann irgendwo Luft entweichen. Das dürfte bei allen Lebewesen so sein. Der Nachsatz »Ich kenn mich mit Katzen leider nicht so aus« legt jedoch nahe, den Wink als nicht allzu kompetent einzuordnen, und gibt Anlass, dem Problem anderweitig nachzugehen.

Hilfreicher scheint da schon die Einschätzung von Stuntgirl: »Einmal liegt es am Futter und daß es nur bei dir passiert, weil sie sich sehr wohl fühlt bei dir und total entspannt – und dabei kann mal ein Pups losgehen.« So sind sie wohl, die Katzen! Die eine schnurrt, die andere pupst, einige machen beides (… und hier hätten wir schon wieder eine interessante Parallele zum Menschen).

Mit einer psychologischen Herangehensweise kommt man den Problemen oft auf die Schliche: So sorgt sich Lillis1 auf www.med1.de: »Meine Katzen pinkeln mir die Wohnung voll«, und darf sich über eine interessante Anregung von Tekki-mausi freuen: »Es kann sein, dass deine Katzen mit irgendetwas unzufrieden sind und sozusagen Protestpinkler sind.«

Vielleicht gefallen den Katzen die neuen Vorhänge nicht? Das Vorabendprogramm im Fernsehen lässt zu wünschen übrig, oder die anhaltende Finanzkrise fängt langsam an zu nerven? Oder könnte es sein, dass Samtpfötchen mit dem Wohnungsvollpinkeln ein unterdrücktes Gefühl zum Ausdruck bringt, womöglich zeigen sich hier die Anfänge einer Neurose? Da heißt es Ruhe bewahren und die Schwere des Problems einordnen. Ist eine vollgepinkelte Wohnung wirklich so schlimm, oder lässt es sich damit notfalls leben?

Der Beitrag von Heha zeigt, dass man sich offenbar an einiges gewöhnen kann: »Mein Kater hat immer in die Wohnung gepinkelt, am liebsten in meine Schuhe.« Und so heißt es am Ende für so manchen Katzenbesitzer: Mieze gut, alles gut. Und ein Blick über den Tellerrand bzw. hinter den Gartenzaun zeigt: Auch Hunde-Eigner haben ihre Nöte mit der

Verstoffwechselung ihrer Lieben. Wobei die Probleme oft schon vor dem Verdauungsprozess anzufangen scheinen:

»Mein Hund mag nur Katzenfutter, ist es schädlich????«
(anonym auf www.hiogi.de)

»Hilfe! Mein Hund frisst aus dem Müll.«
(CrazieLadie auf www.gutefrage.net)

»Hilfe mein Hund frisst getragene Unterwäsche vom Kind!«
(AVA auf www.meinews.niuz.biz)

»Hilfe, mein Hund frisst Kabel!«
(Cenez auf www.dogforum.de)

»Hund frisst Tapete!«
(Mäusl-Susi auf www.hilferuf.de)

Sicher, es ist keine feine Sache, wenn Hunde Einrichtungsgegenstände essen. Das kann man leicht nachvollziehen. Wer in diesem Kontext den Eintrag »Hilfe – mein Hund isst sein Geschäft!!!« von sickofit auf www.dogforum.de liest, mag zunächst denken: Gut, der eine isst gern Kabel, der andere mag Tapeten, dieser hier isst halt gleich einen ganzen Laden. Aber mitnichten wird hier der hundeigene Blumenladen oder Friseursalon verspeist, wie ein Blick auf den ähnlich gelagerten Hilferuf von Sally 90 (www.dogforum.de) beweist:

»Mein Hund frisst Kot! HILFE!!! Anton frisst seit er ein Welpe ist Kot, egal ob seinen eigenen, von anderen Hunden oder Menschen.« Das ist mit Sicherheit ein ernst zu nehmendes Problem, auch vor dem Hintergrund der Frage, wie Anton überhaupt an Menschenkot herankommt. Doch die Sorgen von Hundehaltern können auch völlig anderer Natur sein – nicht immer geht es um physiologische Herausforderungen:

»[Hund] mag keine Lederjacken!?«
(Marlia auf www.bullterrier-katalog.de)

»Mein Hund mag den neuen Freund meiner Mutter nicht :-(«
(anonym auf www.polar-chat.de)

»HILFE!!!!! Mein Hund hat Liebeskummer.«
(Markus auf forum.ksgemeinde.de)

»Mein Hund hat sich in meine Katze verknallt.
Wie mach ich ihm klar, dass das nichts wird? Er läuft ihr den ganzen Tag winselnd durch die Wohnung hinterher und poppt zwischendurch seine Kuscheldecke.«
(PANICA auf www.gutefrage.net)

»[Mein] Hund mag kein Fernsehen. Am Programm kann es wohl nicht liegen, er geht ja bevor er mitbekommt, was in der kiste läuft.«
(momolo 13 auf www.gutefrage.net)

»Was tun, wenn Hund keine Klassik mag?«
(!!! ChkChkChikk (whydontigetyou) auf de.answers.yahoo.com)

Auch mit diesen Problemen ist nicht zu spaßen, betreffen sie doch das alltägliche Zusammenleben von Mensch und Tier. Und wie immer, wenn zwei unterschiedliche Interessen aufeinanderstoßen, muss man sich fragen, wo die eigene Freiheit aufhört und die Freiheit des Hundes (bzw. aus Hundesicht die des Herrchens) beginnt. Wie komplex es sein kann, die ungleichen Vorlieben miteinander zu vereinen, und auf wie viel Interesse die Thematik offenbar stößt, macht der folgende, leicht gekürzte Austausch auf www.gutefrage.net deutlich:

Hund mag Bratsche nicht

Frage von **Alex247**

Hallo, seit zwei Wochen spiele ich Bratsche und mein Hund rennt immer Weg und er sieht aus, als hätte er Todesangst. Danach lässt er sich stundenlang nicht von mir streicheln. Und wenn ich die Bratsche auspacke rennt er wieder weg. Ich muss zugeben, dass es grässlich klingt. Wenn ich Klavier spiele (was ich gut kann) rennt er nie weg. Ob es wohl an meinem Spiel liegt? Oder ob Tiere wohl allgemein Angst vor Streichinstrumenten haben? Allerdings wenn mein Vater Cello spielt (er ist Cellist) rennt der Hund nie weg :-(

↪ Antwort von **Bienerl**

Das scheint wie das Problem mit meiner Katze und dem Staubsauger zu sein. Sie hat auch panische Angst davor.

Wahrscheinlich solltest du beim Klavier bleiben und ich beim Besen. ;)

↳ Antwort von **Satansmistress**
Ich glaube, da hat jeder Hund seine eigene Macke (und nicht nur Hunde! Die Katze meiner Cousine hat auch immer in die Geige gebissen, wenn sie gespielt hat : D) Musikalisches Verständnis wird dein Hund wahrscheinlich eher nicht haben (;

↳ Antwort von **Derolaf**
Hunde reagieren auf gewisse töne, d. h. auch auf Harmonien und DISHARMONIEN ;) sehr sensibel.

↳ Antwort von **Wuschel55**
Dann liegt es wohl an deinem Spiel, denn du darfst nicht vergessen, dass ein Hund ein Vielfaches der normalen Lautstärke hört!! Also, geh ihn einen anderen Raum zum üben und verschone das arme Tier!

↳ Antwort von **Phillatio**
Nur der Hund?

↳ Kommentar von **Alex247**
Meine kleine Schwester sagt auch, dass es grässlich ist, aber sie hat wenigstens keine Todesangst.

↳ Antwort von **Brausefrosch**

Ich glaube nicht, dass es daran liegt, WIE Du spielst. Der Klang des Instruments tut Deinem Hund einfach in den Ohren weh.

↳ Kommentar von **Alex247**

Das denke ich auch. Und das Cello ist er halt schon gewöhnt;-)

↳ Antwort von **Dragonheart1952**

Dann spiel wenn der Hund nicht da ist. Hunde hören alles siebenfach lauter.... und sie hören die Töne, die unsere Ohren schon gar nicht wahrnehmen. Oder zieh ihm Kopfhörer auf.

↳ Antwort von **Rudi2009**

Ich kanns deinem Hund nachfühlen. Bratsche (noch schlimmer wär Geige) klingt am anfang nicht so klasse!

↳ Antwort von **Filialleiter78**

Lass das mit der Bratsche halt, der Hund sagt vielleicht nur das jetzt schon, was Deine Mitmenschen Dir bald auch schon sagen würden. Verfeinere Dein Klavierspiel bis zur höchsten Kunst und lass Dich dann bestaunen.

↳ Kommentar von **Alex247**

Ich will aber so lange spielen, bis ich mal einen schönen Ton rauskriege.

↳ Kommentar von **KMU279**
Üb halt irgendwo im Keller oder sowas, oder in nem Proberaum, wo er halt nicht hinkommt.

↳ Kommentar von **Dragonheart1952**
Dann lern schon mal Gebärdensprache, denn bis dahin wird Deine Familie taub sein, es sei denn sie tragen Ohrstöpsel.

↳ Antwort von **Lycjena**
Du solltest Dir ernsthaft Gedanken über Dein Talent zum Bratschen machen. Hunde haben ein feines Gehör für sowas. Mein Rat: Zerhacke die Bratsche und grille Dir über offener Flamme ein paar Bratmaxe Meterschnecken. Eine kannst Du ja zur Wiedergutmachung Deinem Hund geben. Und dann kaufst Du Dir bei HSE24 ein Leuchtttasten-keyboard mit Kopfhörer.
Gruß, Lyc (Geigenbauer)

Hunde und Katzen stehen dem Menschen sehr nahe und sind ihm mitunter auch in Optik und Verhalten ziemlich ähnlich. Anders verhält es sich da bei Fischen, Vögeln oder Reptilien. Diese sind nicht nur vergleichsweise schwer zu kuscheln, sondern auch insgesamt irgendwie spezieller. Davon zeugen Fragen unterschiedlichster Art und mitunter erstaunlich kenntnisreiche Antworten, wie die Foren schnell erkennen lassen:

»Wie transportiert man den Baumpython richtig?«
(Dream-Snakes auf www.chondro-community.com)

»Welche Schlange passt zu mir?«
(Vanen 23 auf www.terraon.de)

»Wie kann ich meine Mama, von einer Schlange als Haustier überreden?«
(kekonele auf www.gutefrage.net)

»Wie oft muss man eine Schlange baden??«
(Korni 23 auf www.kornnatter.de)

»Wasserschildkröte – Ist sie in Winterstarre oder tot?«
(Zuckerstückchen auf www.terraon.de)

»Meine Kampffische streiten immer, warum???«
(guppy groopy auf www.aquariumforum.de)

Solche Fragen lassen sich kaum mal eben aus dem Stegreif beantworten, für den Laien schon mal gar nicht, und auch der folgende Auszug von www.terraon.de zeigt, welche Tücken das Halten von Amphibien birgt:

Schlange von Maus gebissen

Frage von **Hugo-Rocks**
Hallo zusammen... Bin neu im Forum und Frischling im Halten von Schlangen. Hab meinen Königspython auch erst seit 3 Wochen....Er ist auch noch relativ jung... Als ich ihn heute auf der Hand hatte sah ich neben dem Halz eine Stelle die aussieht wie ein Biss....Kann nur von der Maus sein die ich ihm vor 2 Tagen verfüttert habe....Jetzt wollte ich mal fragen wie lang sowas dauert bis das wieder verheilt ist oder wie man es verarzten soll....Und dann noch ob es besser sei Lebend oder Tod zu füttern...
Danke schon mal im Voraus

↪ Antwort von **Yvonne-Echse**
Hallo, bei lebend Fütterung sollte man immer dabei bleiben um eingreifen zu können. Ein Mäuse-Biss ist vielleicht noch nicht so schlimm, später wenn du Ratten lebend fütterst könnte schlimme Beiss-Unfälle endstehen und auch tödlich für die Schlange enden. Klingt erst mal kommisch gab es aber alles schon. Du musst jetzt drauf achten das die Wunde sich nicht entzündet und trocken bleibt. Wenn du dir nicht sicher bist gehe bitte zum TA. Kleine Wunden sind nach ein paar Häutungen wieder weg. Meisstens machen aber genau diese Stellen Probleme beim häuten, also gut aufpassen. Ich selber füttere lebend und tod.

↪ Antwort von **Charluppi**
Hallo, passiert bei unseren leider auch immer wieder und

eingreifen ist da so ne Sache. Was will man machen. Die Wunden sind bei uns bis jetzt zum Glück noch nie behandlungsbedürftig gewesen. Sollte die Wunde sehr tief oder groß sein würde ich dir einen Termin beim TA empfehlen. Wenn es sich nicht entzündet ist es wahrscheinlich schon bei der nächsten Häutung kaum mehr zu sehen.
Lebend oder tot muss jeder selber wissen. Bei uns haben nach Jahren die Schlangen von einem auf den andern Tag entschieden kein Frostfutter mehr an zu nehmen, damit war das Thema gegessen. Das Thema wurde hier aber auch schon oft diskutiert musste mal suchen.
LG charluppi und gute Besserung

↳ Antwort von **Vinterland**
Hallö, Zwei Tage nach einer Fütterung nimmt man aber kein Tier in die Hand, schon gar keinen Python regius! Wenn du Pech hast, würgt er die Maus wieder aus... Es kommt immer mal vor, dass ein Nager die Schlange beisst, meistens geht der Biss in/unter die Schuppen, und ist nicht tragisch.
Anders siehts dann bei adulten Ratten aus, die mit einem Biss das Schädeldach der Schlange durchschlagen und diese so töten können.
Ob Lebend- oder Frostfütterung besser ist, oder schlechter, darüber wird immer noch diskutiert. Ich für meinen Teil füttere weitestgehend Frost, habe aber auch welche, die kein Frost annehmen, da gibt es dann eben Lebendfutter.
Habe dahingehend noch keine Vor- oder Nachteile entdecken können, was nun besser ist.
Gruß, Michi

Frage von **MrPink**
wieso nimmt man gerade keinen Python regius, 2 Tage nach der Fütterung auf die Hand.

↳ Antwort von **Vinterland**
Hallö, wenn man sich etwas auskennt, weiß man, dass Python regius im Gegensatz zu anderen Riesenschlangen wesentlich empfindlicher auf Stress reagiert. Eine Schlange aus ihrer gewohnten Umgebung rausnehmen, sie in der Hand halten, ist nunmal Stress.
Es gibt dann auch Exemplare, die längerfristig die Futterannahme verweigern.
Gruß, Michi

↳ Antwort von **MrPink**
ok danke, war auch nur ne Frage auf die ich die Antwort nicht wusste oder vergessen hab. Dann habe ich anscheinend jetzt mit dem Problem zu kämpfen, denn gestern war Fütterungstag meiner Python...aber Fehlanzeige, der Python hat die Maus den ganzen Tag kaum beachtet.

↳ Antwort von **xsternchen1983x**
Hi, es ist besser wenn du abends fütterst da ein Regius eine nachtaktive Schlange ist und die Nacht seine Zeit zum jagen ist. Tags möchte er ruhen. Und einen ganzen Tag musst du die Maus auch nicht im Terrarium lassen. Wenn er nach 30 Minuten kein Interessa hat wird er das wohl auch nicht mehr bekommen. Den ganzen Tag ne Maus im Terrarium zu haben ist auch wieder nur Stress.
Gruß, Saskia

↪ Antwort von **MrPink**

Ja ok den ganzen Tag vielleicht nicht. Habe es aber auch gestern Abend nochmal versucht mit der Maus, wieder fehlanzeige, wenn sie vorbei gelaufen ist dann hat der python die maus bemerkt evtl. auch beobachtet, das wars denn aber auch schon.

↪ Antwort von **xsternchen1983x**

Hi, versuche nicht zu oft dein Tier zu füttern. Wenn sie den einen Tag nicht wollte wird sie werder einige Stunden später noch am nächsten Tag fressen. Maximal ein Fütterungsversuch in der Woche sonst frißt sie wegen dem Streß nicht den das Futtertier auf sie ausübt wenn sie doch garnicht fressen möchte.
Gruß, Saskia

Da sieht man mal: Auch Schlangen können sehr sensibel sein und sogar das Essen verweigern, nur weil man sie angefasst hat – oder eben zu viel Essen vor ihrer Nase herumläuft. Wenn man Schlangen in freier Wildbahn oder in der U-Bahn begegnet, sollte man dennoch besser die Finger von ihnen lassen. Und auch wenn man sich wie snakefeather auf www.cosmiq.de die Frage stellen mag: »Brauchen Schlangen viel Liebe […]? Muss man die streicheln?«, sollte man sich am besten an die Antwort von bastelkleber halten: »[Liebe brauchen sie] ganz sicher nicht. Entweder ist es denen scheißegal, ob du sie streichelst, oder sie fühlen sich sogar belästigt. die sind happy wenn sie im warmen Strahler chillen können…«

Auch bei anderen Einträgen zeigt sich, dass sich die Menschen mitunter schwertun, wenn ihre Liebsten nicht der Gattung der Säugetiere angehören:

»Pinkeln Fische ins Wasser und müssen es trinken?«
(Alex auf www.petriheilblog.de)

»Kann man seine Koi[-Karpfen] versichern oder sind
sie durch evtl. Hausrat- oder Gebäudeversicherung
abgesichert?«
(Nicole auf www.koi-live.de)

»Erkennen Vogelspinnen ihren Pfleger?«
(dilepis aus www.dghtserver.de)

»Meine Geniculata spielt Bagger!!! Hilfe!!«
(tomrider auf www.vogelspinnenforum.de)

»Warum hört mein [Wellensittich-]männchen nicht auf zu
›poppen‹?«
(hoodz auf www.gutefrage.net)

»Ist mein Wellensittich schwanger oder nur fett?«
(mareno auf de.answers.yahoo.com)

Lea 18897 möchte auf www.gutefrage.net wissen: »Wie erkennt man, ob eine Schlange schwanger ist?«, und muss sich als Antwort zunächst mit einer Gegenfrage von Pete 22 begnügen: »Heißhunger auf Gurken mit Nutella?«

Dass der Umgang mit dem Konzept »Schwangerschaft«

nicht ganz einfach ist, hat auch Manne 75 auf www.aquarienfreunde-forum.de bemerkt: »Was ist denn nur mit den Aquarianern heutzutage los? Bei dem einen werden die Fische schwanger, der andere brütet Fische aus! Wo habt ihr den Biologie gehabt – oder sollte das Spaß sein?«

Doch egal ob schwanger, trächtig oder leicht übergewichtig: »Geburt« und Tod bzw. Freude und Trauer gehören in den Alltag eines jeden Aquarianers, was mitunter schwierige Situationen hervorbringt:

»Babyfisch tot, anderer Babyfisch traurig?«, fragt sich qrinzessin 8500 auf www.gutefrage.net und führt aus: »Ich hatte 10 Fische, 2 davon sind grade erst geschlüpft. So, gestern ist der eine Babyfisch gestorben (scheiß Deckel von der verdammten Pumpe ist abgefallen.........) und heute ist der andere Babyfisch immerzu am Boden und schwimmt kaum. Die beiden sind in einem extra Becken gewesen und vor ein paar Wochen erst zu den anderen gekommen... Kann es sein, dass er jetzt traurig ist? Kann ich irgendwas machen?? Er tut mir so Leid.«

»Mich interessiert schon länger was man mit einem toten Fisch macht? Es gibt ja auch große Fische die nicht ins Klo passen und auch noch giftig sind!«
(PBY auf www.riffaquaristikforum.de)

»[...] Üblicherweise entsorgt man ja tote Fische im Klo (zumindest wenn sie reinpassen, bei Diskus und Co. ist das problematischer...). Ich selber mache das auch so. Nun gibt

es ja in Deutschland nichts, wofür es keine Gesetze gibt. Darf man denn eigentlich tote Tiere in die Kanalisation spülen?? […]«
(guppymama auf www.aqua4you.de)

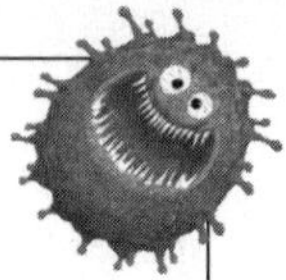

Best of kluge Forensprüche und lustige Signaturen

- Die kalte Schnauze eines Hundes ist erfreulich warm gegenüber der Kaltschnäuzigkeit mancher Mitmenschen.
- Könnten Fische schreien, wären die meisten Aquarianer taub.
- Man kann nichts in die Tiere hineinprügeln, man kann aber einiges aus ihnen herausstreicheln. (Astrid Lindgren)
- Wer im Miezhaus wohnt, hat keine Mäuse.
- »Haben Sie in Ihrem Saftladen auch Hundekuchen?« – »Aber gewiss, soll ich ihn einpacken oder fressen Sie ihn gleich hier?«
- Warum leckt sich der Hund den Schwanz?
  Weil er's kann.
- Lieber ne Schlange im Bett als ne Taube auf dem Dach.
- Hunde glauben, sie sind Menschen, und Katzen glauben, sie sind Gott.
- Der Hund ist das einzige Wesen auf Erden, das dich mehr liebt als sich selbst. (Josh Billings)
- Hunde haben Herrchen, Katzen haben Personal.
- Ist der Mensch gesund, freut sich der Hund.
- Wer für die Katz arbeitet, kommt nicht auf den Hund.
- Das Pferd ist hinten vorne als höher.
- Katzen sind Hunde mit einem Hochschulabschluss.

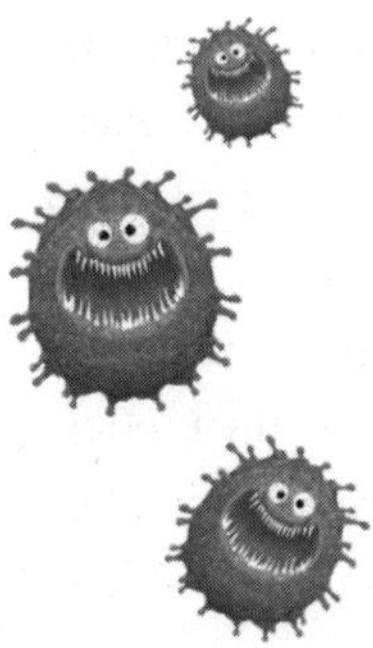

NUR DIE LIEBE QUÄLT

Von grandiosen Anmachsprüchen bis zum Herunterklappen des WC-Deckels: Mein Partner und ich

Bienchen und Blümchen, Miez und Mops, Ernie und Bert, und ja: Auch Mann und Frau lassen sich bisweilen von der Liebe verzaubern (bzw. Mann und Mann und natürlich Frau und Frau). Vor der Liebe ist niemand gefeit, egal ob man sich im Kindergarten oder im Seniorenheim befindet – jede und jeden kann es jederzeit und jederorts erwischen.

Das klingt nach sehr guten Voraussetzungen für ein reges Liebesleben und ein erfülltes Dasein der menschlichen Spezies. Doch eine klitzekleine Kleinigkeit unterscheidet uns Menschen von etwa dem Hasen und sorgt dafür, dass wir unseren Gefühlen nicht hemmungslos freien Lauf lassen: die Arbeitsweise unseres Gehirns. Sie sorgt dafür, dass wir Menschen im Gegensatz zu den Hasen von allerlei Gedanken und Gefühlen umgetrieben werden, die unser Paarverhalten mitunter negativ beeinflussen. Oder haben Sie schon mal einen schüchternen Hasen gesehen? Oder eine Häsin mit Liebeskummer, die beschloss, nie wieder mit einem Hasen über grünende Wiesen und blühende Felder zu hoppeln? Nein, wir Menschen machen es uns mit der Liebe wahrhaft nicht leicht. Das fängt schon damit an, den potentiellen Partner für uns zu gewinnen:

»Wie sag ich ihm, dass ich in ihn verliebt bin?«
(kiss102kiss auf www.gutefrage.net)

»Wie zeige ich ihr, dass ich doch der richtige bin?«
(Partyknaller auf de.answers.yahoo.com)

»Wie gräbt MANN Frauen richtig an?«
(strammermax auf www.webpla.net)

»Wie bekomme ich meinen Mr Right?«
(mockele auf forum.gofeminin.de)

»Wie kann ich ihn in mich verliebt machen?«
(Paulinachenxx auf www.gutefrage.net)

»Woran erkenne ich, dass ein Mädchen in mich verliebt ist?«
(Nokia9500 auf www.cosmiq.de)

»Brauche Baggerhilfe – wie grabt ihr Frauen an?«
(BobDerBaumeister auf www.paradisi.de)

»Was kann ich tun, damit er merkt, dass ich auf ihn stehe??«
(panasonic61 auf www.gutefrage.net)

»Gibt es irgendwas, womit Frauen potentielle Flirtbereitschaft signalisieren (Kleidung, Körperhaltung, Verhalten)?«
(tabby auf www.lovetalk.de)

»Hilfe! Bin verliebt und weiß nicht, wie ich ihm das sagen soll!«
(knuffel01 auf www.gutefrage.net)

»Wie spricht man einen Jungen an, den man voll süß findet??«
(diamanT auf www.cosmiq.de)

»An alle Frauen, brauche mal Eure Hilfe: Traumfrau ansprechen ohne Peinlichkeit.«
(Joe1984 auf www.gutefrage.net)

»WIE MACHT MAN FRAUEN AN??????????«
(yavin1 auf www.gutefrage.net)

Forscher haben herausgefunden, dass eine Frau innerhalb weniger Millisekunden feststellt, ob sie einen Mann interessant findet oder nicht. Zuständig für diese rasend schnelle Entscheidung ist das weibliche Superhirn, in diesem Fall ein Bereich der Nebenhirnrinde, welcher unbewusst und von der Frau nicht beeinflussbar codiert, ob aus einem Flirt etwas werden kann. Das ist für die Männerwelt zum einen ernüchternd, zum anderen aber auch ermutigend, zeigt es doch eines: Die Worte, die beim ersten Kontakt gesagt werden, spielen so gut wie keine Rolle. Will man den Forschern Glauben schenken, so ist von einem »Darf ich Dich auf ein Getränk einladen?« schon nach den Worten »Darf ich« festgeschrieben, ob die beiden zueinanderfinden oder nicht.

Dass die Männerwelt dennoch Sorge hat, sich beim Ansprechen von Frauen lächerlich zu machen, ist menschlich, dennoch – oder vielleicht gerade deshalb – rufen Beiträge wie der von Phoenix52 auf www.gutefrage.net bewusst zu mehr Lockerheit auf: »Was ist so schlimm daran, sich mal wie ein Affe zu fühlen? Das müssen Affen immer.« Dennoch sollte man beim Flirten mit und Ansprechen von Frauen nicht unbedingt irgendeinen Blödsinn von sich geben und kann sich dank diverser Foren aus einem reichhaltigen Vorrat an Anmach-Sprüchen bedienen:

»Glaubst Du an Liebe auf den ersten Blick? Oder soll ich noch mal reinkommen?«
(Gast auf www.nupo.de)

»Ich habe einen neuen Wecker. Willst Du ihn mal klingeln hören?«
(Lenno 123 auf www.gutefrage.net)

»Baby komm mit und hör auf zu reden, die Luft zum Atmen wirst du gleich noch brauchen.«
(Swagga-Offline Rapper auf www.rappers.in)

»Ist der Busen echt?«
(Selara_LaQur auf www.cosmiq.de)

»Ich hab meine Handy Nummer vergessen, kann ich deine haben?«
Redgirlfan auf auf www.gutefrage.net)

»Hast du mal Kleingeld fürs Telefon? Ich hab meiner Mama versprochen sie anzurufen, wenn ich meine Traumfrau finde…«
(MaroX59 auf www.cosmiq.de)

»Hab ich Zucker in den Augen oder bist du wirklich so süß?«
(Hedda 1 auf forum.pspfreak.de)

»Ich bin neu in der Stadt…… kannst du mir deine Wohnung zeigen?«
(roman b auf de.answers.yahoo.com)

»Er: ›Kannst du schwimmen?‹ Sie: ›Ja.‹ Er: ›Darf ich dich ins Becken stoßen?‹«
(bumbum auf www.readmore.de)

»Ey Puppe! Haste mal Feuer?«
(B.A.S.E. auf www.rappers.in)

»Du hast schöne Haare, darf ich dich mal bürsten?«
(greenhope auf www.readmore.de)

Doch aufgepasst, Männer: Auch wenn diese Sprüche nicht nur einfühlsam, sondern dazu noch sehr erfolgsversprechend scheinen – nicht alle Frauen sind für Ansprechfloskeln zu haben. So fragt beispielsweise anonym bei www.hiogi.de: »Wie reist man eine Frau richtig auf?«, und bekommt Überraschendes zu lesen: »Es gibt nicht ›die Frauen‹. Am besten ist Natürlichkeit, Kreativität und Witz. Dann klappt es auch mit den Frauen. Und bitte keine auswendig gelernten Anmachsprüche runterspulen. Viel Erfolg. PS. Frauen stehen auf perfekte Rechtschreibung. Und ein sauberes Genital.« (Mimbrocken auf www.hiogi.de)

Die Foren sind voll von Männern, die unsicher sind, wie sie ihre Wunschpartnerin für sich gewinnen können. Bigfood fragt etwa auf www.lovetalk.de: »Verliebt – nur wie sag ich's ihr? [...] Hab mich aber bisher noch nicht getraut es ihr zu sagen, außer 'n paar Andeutungen zu machen, in der Hoffnung, dass sie auf mich zukommt, falls sie mich auch liebt.«

Schnell wird klar, dass Männer schwer sensibel sind, und da ist es hilfreich, mal eine klare Ansage wie die von Aphrodite auf www.lovetalk.de zu bekommen: »[...] Vermassel dir das jetzt nicht!!!! Kuess sie!!! Und gucke was kommt, und denk nicht drueber nach, von wegen Lügen und Beichten und all sowas. Liebe könnte so schön sein, aber manchen Männer scheißen sich vor Angst in die Hose und machen alles kaputt, und das sind die Weicheier. Mach du es anders! Küss sie!!!«

Mit derlei Hinweisen ausgestattet lässt sich dem Erstgespräch zwischen Mann und Frau selbstbewusst und hoffnungsfroh entgegenblicken. Allerdings sind die Fragen damit noch lange nicht beendet, im Gegenteil. Ist die erste Hürde überwunden, stellen sich bald neue Herausforderungen ein:

»Brauche Kuss-Hilfe-Dringend.«
(isabell0483 auf www.urbia.de)

»Kuss beim ersten Date?!«
(Spock17 auf www.lovetalk.de)

»[…] mich würden mal die Zeichen interessieren, die Frauen so geben, dass man sie küssen soll. […]. Z. B. in der Disco. Man tanzt mit einer schaut sich an und dann? Was für ein Zeichen gibt in dieser Situation eine Frau, dass sie knutschen wollen würde? Oder im Kino bzw. zu Hause beim DVD schauen. Die Frau lehnt sich an den Mann ran, man kuschelt, aber wie erkennt man jetzt, dass sie vielleicht auch knutschen wollen würde?«
(Michael546 auf www.lovetalk.de)

»Wie küsst sich jemand mit Zungenpiercing?«
(Hmmm… auf www.urbia.de)

»Wer küsst wen zuerst?«
(LinaSollita auf www.gutefrage.net)

»Woran seh' ich, dass ich sie küssen kann?«
(cupidobln auf forum.gofeminin.de)

»Finden Jungs es eigentlich billig oder halten Jungs Mädchen für eine Schlampe wenn man sich auf einer Party kennenlernt und gleich mit einander knutscht, etc.?«
(ToniMachtAbi auf www.gutefrage.net)

»Küssen: Augen auf oder zu??«
(sabsel auf forum.gofeminin.de)

»Erster Kuss in einer Beziehung: Langes Knutschen, kurzer Schmatzer oder ganz anders?«
(Loewe auf www.planet-liebe.de)

Sind die Fragen um das Wann und Wie des ersten Kusses geklärt, sind Folgefragen unausweichlich. Wer vorausdenkt, ist klar im Vorteil, und was liegt näher, als die richtige Kuss-Strategie kurz im Netz abzustimmen? So fragt Ökourmel auf de.answers.yahoo.com und erhält erstaunlich variantenreiche Antworten:

Auf welche Körperteile darf man eine Frau beim ersten Date küssen?

Frage von **Ökourmel**
Auf welchen Körperteil darf man eine Frau beim ersten Date küssen? Bei Kerzenlicht und so, bei gedünsteter Ökomöhre.

↪ Antwort von **Conrad**
Ich würde beim ersten Stelldichein von Küssen jedweder Art abraten. Handkuss und Wange sind zwar gebräuchlich, aber in deinem Fall, wo Zurückhaltung ohnehin zum Kraftakt zu werden droht, hilft nur Entsagung.
Die Dame deines Herzens wird dich schon wissen lassen, wo sie geküsst zu werden wünscht. Beschränke dich zunächst aufs Süßholzraspeln. Wenn sie dann nicht wegläuft, kann noch was aus euch werden, denke ich. Es gibt schließ-

lich auch Öko-Urmelinnen, die Öko-Urmel ganz putzig finden.
Dein wohlmeinender Conrad wünscht dir viel Glück.

↪ Antwort von **Tati**
also es kummt imma drof an, wie die Tussi ist....
es gibt so Sch... die kannste sogar beim ersten Date überall hin küssen....
Und eher wenn es später eine längere Beziehung geben soll, versuch es mit der Wange, aber ganz langsam und zärtlich, damit sie die Möglichkeit hat den Kuss auf die Wange mit einem Kuss auf den Mund zu erwidern, wenn du langsam genug bist, überwindet sie die Schüchternheit und es passiert vielleicht wirklich...
Wenn du solltest nicht so weit gehen willst, frag sie vorher ob du ihr einen Kuss auf die Wange geben darfst – kommt immer gut – Mitspracherecht für die Frau.

↪ Antwort von **rebellin10574**
Nun ja das kommt darauf an, wie das Date verlaufen ist. Merkst du bei ihr Sympathie für dich, darfst du ihr schon einen Kuss auf die Wange geben. Aber mehr würde ich nicht machen, man sollte schon Gentleman bleiben und nicht gleich mit der Tür ins Haus fallen.

↪ Antwort von **Kathi**
Es kommt immer auf dem Moment und natürlich auf die Frau an. Aber ich würde nichts überstürzen. Aus Höflichkeit kannst du die Frau auf der Hand oder auf der Wange küssen. Alles weitere ergibt sich dann beim 2. Date. Lg Kathi

↳ Antwort von **solischka**

Auf die die sie Dir erlaubt würde ich sagen. Kommt ja immer auch auf die Frau an. Ich würde das von der Situation abhängig machen.
Beim Date stundenlang nur die Hand zu küssen kann auch ganz schön nervig sein *g*

↳ Antwort von **miley**

beim ersten Date nicht. Außer die Frau legt es darauf an. Und auf die Hand und Wange küsst man schon gar nicht, das deutet man nur an.

↳ Antwort von **Patrick B**

Auf die Hand zur supra (steigerung von super) oder ein Kuss bzw. 2 Küsse auf die Wange als Begrüßung (ist aber eher bei älteren Leuten).

↳ Antwort von **Zimmerlinde**

Nur nichts überstürzen. Man küsst beim ersten Mal noch nicht, sondern lässt es erst mal langsam angehen und dann sieht man weiter.

↳ Antwort von **Nager**

ämm... normalerweise küsst man eine frau nur auf dem Mund oder? Naja ok vielleicht noch auf die obere Handfläche aber wo sonst noch?!?

↳ Antwort von **hellblondy**

Auf die Hand
Auf die Wange

aus Höflichkeit
Man soll ja nicht gleich mit der Tür ins Haus fallen.

↳ Antwort von **pro_and_contra**
Zur Verabschiedung auf die Wange.
hmm.... ist das ein Körperteil?

↳ Antwort von **marcel.q**
Zwischen die Backen, egal welche...

↳ Antwort von **Kim**
Zuerst auf die große linke Zehe und dann ......

↳ Antwort von **o**
Auf alle, die sie anbietet.

↳ Antwort von **Carry**
auf die Hand

↳ Antwort von **J. v. Ruybroek**
gar nicht.

↳ Antwort von **alex**
auf die Dose.

Auch wenn es verwunderlich erscheint, dass bei all diesen Fragen und Nöten unsere Art noch immer fortbesteht und Mann und Frau nach wie vor zueinanderfinden, darf man eines nicht glauben: dass die Herausforderungen aufhören, sobald die Phase der Beziehungsanbahnung überwunden ist und die Partnerschaft auf festen Füßen steht. Oft ist es sogar so, dass die wirklich entscheidenden Fragen erst jetzt zutage treten und dem ein oder anderen gar völlig unklar ist, nach welchen Regeln das tägliche Miteinander denn funktionieren möge. Nicht selten geht es dabei um elementare Dinge, die nicht selten im wesentlichen Unterschied zwischen Mann und Frau begründet sind, der Anlass zu der immer selben Klage in allerdings unterschiedlichen Variationen ist:

»Mein Freund und ich wohnen zusammen. Was mich total stört und ich super eklig finde, ist, wenn er im Stehen pinkelt und dabei das halbe Klo bespritzt. Ich bin diejenige, die das Klo sauber macht und jedesmal wenn ich den Sitz hochhebe, kommt das große Ekeln.«
(happy407 auf forum.gofeminin.de)

»Hilfe, mein Mann will nicht im Sitzen pinkeln!«
(Pippi auf www.cosmiq.de)

»HILFE!!! Mein Sohn hat bei meinem Mann diese schreckliche Angewohnheit abgeschaut und will jetzt immer nur im Stehen pinkeln!«
(sandryves auf www.urbia.de)

»Ist im Sitzen Pinkel = männliche Kastration? Hallo, ich habe einen Freund, der sich so richtig als männlicher Mann fühlt. Dazu gehört für ihn offenbar, dass er im Stehen pinkelt. […] Wie kann man einem Mann klarmachen, dass

man ihn supertoll findet, aber trotzdem will, dass er sich setzt? […]«
(trixi 1000 auf forum.gofeminin.de)

Die Akzeptanz des männlichen Urinierens in stehender Position ist in der Damenwelt doch sehr gering. Das Thema polarisiert, der Austausch ist rege, und die Hilfsbereitschaft innerhalb der Frauenwelt ist schlicht überwältigend. Hinweise und Ratschläge zeigen sich dabei ebenso fantasievoll wie verständnislos:

»Ich halte von Stehpieselern grundsätzlich Abstand! ;-)«
(Lila_fee auf de.answers.yahoo.com)

»Das Klo in Zukunft verweigern, mit den Worten: Dann pinkel irgendwo an einen Baum wie ein richtiger Mann, aber nicht mehr auf unserem Klo.«
(bezahlemale auf www.cosmiq.de)

»Pinkel du doch auch mal bei ihm Zuhause im Stehen. Dann kann er mal deinen Urin wegwischen.«
(biancaa22 auf forum.gofeminin.de)

»[…]Ich habe dann morgens um die Toilette am Boden, unter den Brillenrand und auf die Fliesen hinter der Toilette weißes Papier geklebt. Am Abend war die Sache dann erledigt, seitdem gehört er zu der Spezies Sitzpinkler. […]«
(derersteversuch auf forum.gofeminin.de)

Sofort wird deutlich, dass das Thema hochgradig emotional besetzt ist, und wieder einmal zeigt sich, wie Webforen dabei helfen können, den eigenen Ärger abzubauen und eine positive und konstruktive Stimmung aufkommen zu lassen. So manche Frau des Hauses fragt sich, mit welchen Aufklebern und Sprüchezetteln man die Stehpinkler zum Sitzen bewegen könnte, und reich sind die daraufhin eingehenden Vorschläge der Netzgemeinde:

»Hallo Männer, es soll nicht spritzen, darum bitte nur im Sitzen.« (Nelly Thijssen auf www.wer-weiss-was.de)

»Wenn's überspritzt, fängt's an zu stinkeln. Deshalb: Drehen, Setzen, Pinkeln!«
(O k i n a p t z U g l w f auf www.wer-weiss-was.de)

»Der Mann, der sich zum Pinkeln setzt, wird von der Hausfrau sehr geschätzt.«
(Kubi auf www.wer-weiss-was.de)

»Bitte nicht das Klo bespritzen, weil man sonst so ziemlich schwitzen, muss bis Kacheln wieder blitzen. Wer das weiß, pinkelt im Sitzen!«
(Thomas Miller auf www.wer-weiss-was.de)

Dass sich dem Problem trotz lyrischer Meisterwerke und anderer Überredungskünste nicht immer Herr werden lässt, hat seine Gründe. Und auch wenn diese eher selten explizit ausgesprochen werden, lässt sich doch zwischen den Zeilen so einiges herauslesen:

»Männer pinkeln im Stehen ......basta! .... und das schon seit Adam und Eva! Woher nehmt ihr Weiber eigentlich das Recht, der Natur ins Handwerk zu pfuschen. Pinkeln im Stehen ist ein Naturgesetz! Wir helfen euch ja auch beim Einparken. Etwas, was ihr nie und nimmer nicht lernen könnt. Also, wir pinkeln im Stehen und dafür sehn wir euch das Einparken nach. Einverstanden?«
(anonym auf www.wer-weiss-was.de)

»Noch ein Thema zu Stehpinklern – Glaube das ist purer Neid von Frauen oder pure Dummheit.«
(blueringo auf forum.gofeminin.de)

»Wenn ich mit der Morgenlatte im Sitzen pinkele muss ich nicht nur die Toilette putzen, sondern das ganze Badezimmer...«
(branquelo auf de.answers.yahoo.com)

»Wer mich auffordert, mich beim Pinkeln zu setzen, dem sage ich: keine Sorge vor Spritzern – ich pinkle sowieso ins Waschbecken!«
(avid auf www.cosmiq.de)

Auch die in die Tiefe gehende Frage von suicide butterfly »Warum wollen männer nicht im sitzen pinkeln?...und wer ist daran schuld das sie stehen?« auf de.answers.yahoo.com wird eindeutig zweideutig beantwortet: »weil sie die Steppe im Blick haben müssen – um für den Fall gewappnet zu sein, dass sich ein Raubtier nähert (und ihn zu tode fragt)!!«
(tuewas auf de.answers.yahoo.com)

Mitunter führen die Empfehlungen zum ordnungsgemäßen Gebrauch der Toilette neben tiefen Einblicken in die männliche Psyche nur in mancherlei Hinsicht zur Lösung des Problems, man könnte gewissermaßen auch von einer Art Problemverlagerung sprechen: »Ich (m) pinkel immer ins Waschbecken, weil ich morgens eine Morgenlatte habe und somit nicht sitzen kann und außerdem nicht stehen darf.« (Beichter auf www.beichthaus.com)

Die Natur selbst wird hier als Verursacher ins Spiel geführt, und wer sollte dem widersprechen wollen, selbst wenn es sich um eine erklärungsbedürftige Begründung handelt: »Ich dachte, sowas tut man aus Faulheit. Und wieso nicht sitzen ›kann‹ und nicht stehen ›darf‹? Ich weiß ja nicht, wie es den anderen geht, aber: Ich check's nicht.« (DuziDuzi auf www.beichthaus.com)

Zum Glück wird schnell aufgeklärt, auch wenn dabei vielleicht mehr Informationen als nötig geliefert werden: »@DuziDuzi Naja, mit ner Latte kann man sich zwar aufs Klo setzen, wird aber mit Sicherheit nicht ins Klo treffen sondern über die Brille hinaus auf den Boden pinkeln. Und stehen darf er nicht heißt, dass er entweder noch mit seiner Mutter zusammenwohnt oder eine Freundin/Frau hat, die ihm eben verbietet im Stehen zu pinkeln. Also ich verstehs schon ;-) @Beichter – das macht doch jeder, oder? Es wäre eine schlimmere Beichte wenn du geschrieben hättest: Ich hab noch nie ins Waschbecken gepinkelt. Dann würd ich mir ernsthaft Sorgen machen …«
(Straubinho auf www.beichthaus.com)

»Ich verstehe nicht warum man als Mann im Sitzen pinkeln soll, ist doch viel unhygienischer …? … und putzintensiver als im Stehen?«
(Bernd W. bin dann mal weg auf de.answers.yahoo.com)

»[…] Männer können besser zielen. Be cool, und immer lässig durch die Hose atmen.«
(gnumpf auf de.answers.yahoo.com)

»[…] nicht umsonst spricht man vom »WASSERABSCHLAGEN« dazu gehört eine diffizile Technik. Kann man am besten beobachten auf dem Oktoberfest. 20 Männer in Reihe beim Wasserabschlagen. wenn man* (*Frau) die Technik hinreichend begriffen hat, kommt man nicht umhin zu postulieren, dass das nicht im sitzen geht! so isses! PS.: Urin ist ein ganz besonderer Saft, hilft bei Rose, Schuppenflechte, Allergien, Schnupfen und ich weis nicht wo sonst noch. Gibt's ganze Bibliotheken drüber. Da muss man doch schon ehrfurchtvoll im stehen, mit leicht geneigtem Haupt, sein Geschäft verrichten.«
(anonym auf www.wer-weiss-was.de)

Auch wenn die Fronten bei diesem Thema verhärtet scheinen, so gibt es dennoch Hoffnung auf Einigung, wie der Eintrag von Schwarzbrot auf de.answers.yahoo.com belegt: »Ich hab zwar selbst einen Rüssel, aber ich setz mich immer auf die Schüssel.« Dieser lyrische Beitrag dürfte Frauen nicht nur aufgrund seines Inhalts zu Herzen gehen. Er belegt darüber hinaus, dass auch Männer dem Pinkelthema mit Reimen begegnen, was wiederum ein nicht ohne weiteres vermutetes, hohes Maß an Sensibilität, Einfühlungsvermögen und Dialogfähigkeit offenbart. Apropos sensibel: Wie überaus empfindsam Männer auf vermeintliche Konkurrenten reagieren können, zeigt sich auch an anderer Stelle:

»Langsam entwickle ich eine regelrechte Eifersucht auf unseren kleinen Hund. Für meine Partnerin ist er der Allertollste, sie küsst ihn mehr als mich, kuschelt mit ihm, sucht Körperkontakt und ihr zerreißt es das Herz, wenn er nicht im Bett schlafen darf.«
(madmichael auf forum.gofeminin.de)

»Was mache ich falsch – meine Freundin liebt ihre Katze mehr wie mich?«
(komarek auf www.gutefrage.net)

»Sie liebt den Köter mehr als mich.«
(festgestellt auf www.urbia.de)

»Freundin schmust lieber mit Katze als mit mir. Meine Freundin geht mir voll auf den Sack wenn sie mit ihrer Katze schmust. Ich hab das Gefühl, dass sie das extra macht um mich zu ärgern.«
(JEL auf www.med1.de)

»Hund von Freundin nervt und spinnt rum.«
(LittleMaria auf www.gutefrage.net)

»Nervende Katze – eine Muschi zuviel im Bett!«
(smartboy auf www.urbia.de)

»Also ich hab seit ca. 8 Wochen eine neue Liebschaft. Ein echt heißer Feger, mit allem drum und dran, nur hat sie leider so ein Mist-Kater (Viech), der uns ständig beim Pimpern zuschaut!«
(1tom auf forum.gofeminin.de)

Wie immer, wenn es um verzwickte Fragen geht, ist die Netzgemeinde auch hier mit aufrechten Einschätzungen und Empfehlungen zuverlässig zur Stelle. Und so mancher Mann kann von den Einschätzungen der Damenwelt zum Thema »Eifersüchtig auf den Hund – was tun?« profitieren und Wichtiges über die Rangfolge im Rudel erfahren:

»[…] Und ich küsse und kuschele meinen Hund auch und würde für keinen Mann der Welt die Beziehung zu meinem Hund ändern. Sie hat bisweilen sogar zwischen mir und meinem Ex geschlafen. Das mag vielleicht auch ein Grund für die Trennung gewesen sein, denn mein Exfreund war auch eifersüchtig auf den Hund, aber ich rate Dir: stelle kein Ultimatum, wenn Dir etwas an ihr liegt. Die meisten Frauen dieses Typs würden – so wie ich – eher dem Freund die Tür zeigen als dem eigenen Hund den Fußboden.«
(moya auf forum.gofeminin.de)

»Das ist normal. Meine Haustiere wären mir damals auch wichtiger gewesen als ein Partner. Aber ich war nie in so einem Konflikt, weil ich Hasen hatte.«
(bonny 246 auf forum.gofeminin.de)

»Musst ihm halt sagen: Mich gibt's nur mit Hund entweder checkst es oder bye!«
(FrechDachs00 auf www.erdbeerlounge.de)

»Ein Mann, der meinen Hund nicht im Bett duldet, hat dort nichts zu suchen. Dieser Punkt war in keiner vergangenen Partnerschaft ein Problem, und ein Mann, der damit ein Problem hätte, wäre definitiv nicht der richtige für mich.«
(Gast auf elitepartner.de)

»Oh Mann, was haben die Kerle bloß gegen Hunde im Bett? Meiner hat unseren Süßen auch aus den Federn verbannt, obwohl ich ihn reinschmuggele so oft es geht.«
(sparky01 auf forum.ksgemeinde.de)

»Meine Katze kommt sogar mit aufs Klo, wenn sie nicht gerade draußen unterwegs ist. Sie wird liebevoll ›Stalk-Cat‹ oder ›Stalkie‹ genannt. Ich find das total süß und möchte das nicht missen.«
(schnuffelschnute auf www.urbia.de)

»Mein EX (!) Freund war nach seiner Aussage kein Hundefreund, er hatte auch massive Kontaktschwierigkeiten mit Benny. Tja ich denke es ist klar wie ich mich entschieden habe, denn schließlich ist er nicht umsonst mein EX.«
(nickstueck auf www.dogspot.de)

»Hund oder Mann, das ist hier nicht die Frage, vielmehr ob man sich das ganze Leben versauen lässt oder nur den Teppich! ! !« (Claudia69 auf www.dogspot.de)

Nun gut. Partnerschaft ist sicherlich nicht immer einfach. Die eine stört sich an den Pinkelgewohnheiten des Liebsten, der andere ist eifersüchtig, dass seine Liebste ihren Hund mit ins Bett nimmt. Irgendwie lustig, manchmal dramatisch, doch im Endeffekt noch relativ harmlos. Aber schlimmer geht immer, und auch das scheinbar absurdeste Problem wird mit einer tiefen Ernsthaftigkeit und Ellenlänge diskutiert, wie der folgende, immer noch gekürzte Austausch auf www.forum.deine-tierwelt.de zeigt:

Hündin pinkelt meinen Freund an!!! Warum??

Frage von **caozsista**

meine hündin ist jetzt 1 1/2 jahre alt und eine französische bulldogge. sie schläft leider immer bei mir im bett, ist aber nicht das problem. nur heute als ich mit meinem freund verkehr hatte, hat sie sich neben ihn gesetzt und ihn angepinkelt. das ist jetzt zum ersten mal passiert. hilfe warum macht sie das? :-?

↪ Antwort von **kloss200**

Sorry wenn ich frage,was macht den der Hund dabei??

↪ Antwort von **Bucklige Brotspinne**

»sie schläft leider immer bei mir im bett, ist aber nicht das problem.«

Doch, das ist wahrlich ein Problem. Du zeigst ihr damit, das

sie da schlafen darf, wo der Chef, also DU schläfst. Sie wird Deinen Freund angepinkelt haben aus Dominanz. Oder aus Frust. Oder beidem.
Lasst sie nicht mehr erhöht sitzen / liegen, Bett, Couch, Stuhl, alles tabu. Ihr esst vor dem Hund, ihr geht als erstes durch ne Tür, der Hund danach, usw.
»Sorry wenn ich frage,was macht den der Hund dabei??«
Ist doch nicht schlimm. Der Hund sieht höchstens, das sich da gepaart wird. Das machen im Rudel auch nur die Höchsten ;).

↳ Antwort von **ben ole**
Hallo erst ein Hund gehört nicht ins Bett,und beim Sex schon gar nicht,dein Hund macht Pippi auf deinen Freund weil sie in Unterdrücken will weil sie sich sagt was macht der mit mein Frauchen,darum macht sie das...... LG... (kenne ich,ich habe es bei meiner auch durch die immer so geheult ich habe dann ein Platz im Flur gemacht das dauert ne weile bis sie es so mit bekommt):-D

↳ Antwort von **kloss200**
Was daran schlimm ist!!!Also ganz ehrlich ich brauche es nicht das mein Hund beim Sex neben mir liegt :-?.
Aber eigentlich geht es hier doch um was ganz anderes oder??

↳ Antwort von **-Engelchen-**
Hallo und Glückwunsch zum Morgendlichen Verkehr.
Da sind einige hier bestimmt neidisch. Lach.
Frage : Hast Du den Freund schon länger, oder ist der neu?

Vielleicht mag sie ihn einfach nur nicht und will ihn mit der Pinkelattacke vertreiben.
Sperr sie beim nächsten mal raus und Ruhe is. Die 5 min. wirds schon gehen. Schmunzel. LG.

↳ Antwort von **caozsista**

hmm…wirklich klare antworten waren ja nit grad bei nä??
meine hunde haben bis jetzt immer alle bei mir im bett gepennt…aber naja…das ist ja wie gesagt nicht DAS problem…hatte sonst rüden…das die erste hündin… und mein hund mag meinen freund eigentlich irgendwie mehr wie mich…grins deswegen verstehe ich das verhalten nicht aber ok…danke!!:-?

↳ Antwort von **kloss200**

Aber akzepiert sie ihn auch? Mein Hund mag meine Mutter auch aber hören tut er schon lange nicht auf Sie. Und warum sie das gemacht hat kann man eigentlich nur vermuten. Vielleicht musste sie auch dringend und ihr ging es nicht schnell genug raus und aus frust wer weiß es!!
Was wolltest du denn hören??

↳ Antwort von **schlumbum2007**

Macht doch mal halblang, meine beiden dürfen auch ins Bett, auch Frenchis, und haben deswegen auch keine Allüren, nur weil sie uns beim Sex zugucken.
Erstmal is hier noch niemand auf den Gedanken gekommen, zu fragen, wie die kleine gepullert hat.
– Beinchen etwas hoch und druff

– Hund flachgedrückt und unter sich, Freund war
her Kollateralschaden
– Hund auf dem Rücken und einmal Springbrunnen-Style?

↪ Antwort von **luckyshari**

pffffffffftttttt Sorry musste erstmal kräftig lachen.
Ich bin aber auch der Meinung, dass du den Hund vielleicht besser das nächste mal vor dem Verkehr vom Bett schicken solltest. Wenn du schreibst, dass sie leider bei dir im Bett schläft, dann scheint dir das nicht so zu gefallen?
Dann würde ich mit ihr Trainieren, dass das Bett tabu ist.

↪ Antwort von **maryjo1510**

Vielleicht möchtest Du ja mal eine sachliche Antwort! Ich lebe mit mehreren Hunden und bin Problemhundetherapeutin. Erstens genau wie bie Menschen sind auch Hunde nicht alle gleich, auch wenn es bei Deinen anderen Hunden gut geklappt hat das sie in Deinem Bett geschlafen haben, Deine Lady wird da gerade Größenwahnsinnig. Nur weil Dein Freund sie sehr mag heißt das nicht das es kein Problem mit dem Hund gibt! Wenn er nur mit ihr schmust und rumtüdelt ist er ihr persönlicher Kraulsklave, und wer läßt schon seinen Sklaven mal eben seinen Platz einehmen. Das anpullern ist zum Vertreiben gedacht und eine seh hohe Form um Dominaz zu zeigen.(sie hält ihn für so eine Mämme das nichtmal anknurren mehr nötig ist)
Wenn ihr das Problem gelöst haben wollt sollte Dein Freund den Hund aus der Hand fütter aber nur wenn der Hund sich unterordnet ihn anschaut und ruhig bittet. (Für Blickkontakt Futter)

Alles Futter läuft über Deinen Freund, damit zeigt er, er hat was Hund will und ist damit ganz klar Boss und im Forteil. (Unser Boss zahlt uns ja auch unser Gehalt und macht uns somit auch abhängig)Er sollte auch die Grund Komandos für Futter mit dem Hund üben.(kein futter mehr aus dem Napf) Hund muß aus dem Bett wichtig!!!Außerdem sind Haare vom Hund wenn sie bei Dir dort landen wo sie definitiv nicht higehören ein großes Gesundheitsrisiko und können eine nette Gebärmutterentzündung hervorrufen.Änderst Du nichts geht es bald so weiter, Dein Hund fängt an Deinen Freund zu berammeln usw....

↳ Antwort von **-Engelchen-**
Sorry, aber ich finde das sehr übertrieben.
Ich finde auch nicht das das ein Problemhund ist. Meine Güte, gibt schlimmeres. Vielleicht war es das erste und auch letzte mal das sie so etwas gemacht hat. Wer weiß das schon. Therapeuten müßen immer alles Dramatisieren.
Meine beiden schlafen übrigens auch in unserem Bett und die Vorgängerin hat das auch schon gemacht. Na und?
Wir hatten nie Probleme damit, die Betten werden halt öfter bezogen als normal.
Viele haben Ihre Hunde im Bett, keiner gibt es gerne zu.
Und viele denken auch so, lieber unbequem im Bett schlafen, als den Hund beim schlafen zu stören.
Das muß jeder selber entscheiden. Meine Hunde sind und waren niemals uns gegenüber Dominant nur weil sie in unserem Bett schlafen.;)

↳ Antwort von **Prinz_Rocko**

Ja, das anpullern ist wirklich sehr hohe Dominanz. Mein älterer Hund hat mal meinen Welpen genau ins Gesicht geschifft, weil der auf »seiner« Decke lag! Die Tipps von Maryjo sind schon gut. Und wie alt ist denn die Hündin? ist überhaupt klar, ob sie dich als Ranghöher bzw. Ranghöchsten ansieht? Dadurch dass sie auch im Bett schlafen darf, kann es nämlich für den Hund unklar sein. Mit vielen Hunden gibt es da gar keine Probleme, aber mit manchen halt schon! Es kann sein, dass du denkst, das sie dich als Ranghöher ansieht, weil sie halt normal gut auf dich hört usw., aber du bist es nicht!
LG

↳ Antwort von **mercedes122**

Meine Zwerge liegen auch mit bei uns im Bett und sie sehen auch zu ;) (mehr oder weniger).
Bis jetzt hatte nur meine Missi damit ein Problem. Aber auch nur, weil mein Mann auf Montage ist und als sie noch sehr jung war, es für sie unmöglich war, wieso dieser Mann plötzlich bei ihrem Frauchen lag. Da lief sie knurrend durch die Gegend und war untröstlich. Wir hatten sie nicht beachtet und es war dann von ganz allein wieder verschwunden.
Mein Mann gibt ihnen allerdings immer Futter, wenn er da ist. Und es gibt auch immer was Besonderes. Etwas, was ich ihnen sonst nie gebe. Er ist zwar nicht die Nr. 1 für sie, geht ja auch nicht, aber sie freuen sich ein Loch in den Bauch und hören trotzdem relativ gut bei ihm.
Falls das noch mal auftreten würde, würde ich das Hünd-

chen aber hochkant aus dem Bett schweben lassen. Aber wirklich hochkant.
LG Evi

↳ Antwort von **caozsista**
1. Ich lasse mein Hund mit Sicherheit nicht im Bett und wenn würde es mich auch nicht stören… 2. hat sie ihr eigenes Bett und kommt Nachts heimlich rauf und legt sich bei mir unter die decke…was mich an für sich auch nicht stört…im Gegenteil,ich wollte einfach nur wissen ob jemand weiß was dieses Verhalten bedeuten könnte…aber wenn das anscheinend so witzig ist,bin ich hier wohl falsch.sorry…dachte gibt hier Leute die das vielleicht kennen und wie oft noch??Das Problem ist nicht das sie im Bett liegt…sondern das sie aufs Bett kam,sich neben ihn hingesetzt hat und losgepinkelt hat…mich dabei noch angeguckt und als ich sie vom Bett schmeißen wollte hat sie sich hingelegt als wär nichts gewesen…ich weiß das dieses ein Protest war, nur was kann ich dagegen tun??Mehr wollt ich nicht wissen.

↳ Antwort von **mercedes122**
Es ist da auch schwierig dabei gelassen zu antworten. Sicherlich ist es auch wichtig zu wissen, wie lange ihr schon zusammen seit und wie oft ihr schon das Vergnügen zusammen hattet?
Ist es gleich beim ersten mal passiert? Oder erst viel später? Wir sind hier alle keine Hellseher.
LG Evi

↳ Antwort von **~Witch~**

sorry – aber irgendwie entbehrt es nicht einer gewissen Komik, wenn es einen selbst nicht betrifft

Das ist doch nicht böse gemeint, aber mehr wie an der Bindung zwischen deinem Freund und deiner Hündin zu arbeiten, dass sie ihn als ranghöher akzeptiert und sie vor die Tür zu stecken, wenn ihr zur Sache kommen wollt, bleibt ja nicht über.

Auch meine Hunde schlafen im Bett – so what?

Die verkrümeln sich allerdings in gewissen Momenten.

↳ Antwort von **Bucklige Brotspinne**

Wer redet denn von Deinen Hunden? Deine pinkeln Dich nach'm Sex mit Deinem Mann aber auch nicht an, oder täusch ich mich da?

↳ Antwort von **-Engelchen-**

Um noch einmal aufs Thema zurück zu kommen.

Ich glaube das kann hier niemand so richtig beantworten.

Versuch sie einfach das nächste mal so lange raus zu tun. Sie wird sich daran gewöhnen und Du kannst Stressfrei............ und brauchst keine Angst haben das so etwas noch einmal passiert.

Was mir noch durch den Kopf ging, vielleicht hat sie auch der Geruch animiert zum pullern und das ist gar nicht auf Deinen Freund bezogen?

LG. Leni und Dackelweiber

↳ Antwort von **caozsista**

hmm...ja das mit nicht ins Bett lassen wird schwierig... Klar,wenn ich wach bin...verbiete ich ihr es...aber wie schon gesagt...sie schleicht sich Nachts heimlich ins bett und ich kann sie nicht in ein anderes Zimmer sperren, wollte eigentlich auch mal schlafen:-D
Aber das mit dem Futter wäre vielleicht mal eine Idee... danke naja...beim nächsten mal werde ich sie rausbringen und gut ist...ich schätze das war ein Makieren... weil wenn Freunde mal mit ihren Hunden hier sind... pinkelt sie machmal auch irgendwo hin...aber sie weiß das es falsch war...alles komisch:-?

↳ Antwort von **ben ole**

Leute Leute so lieb wir unsere Hunde haben die gehören nicht ins BETT, die haben ihren eigenen Platz wo sie schlafen sollen... LG....

↳ Antwort von **~Witch~**

Ähm Ben-Ole...
DAS darfst du schon jedem selbst überlassen,
wo die Hunde schlafen dürfen und wo nicht, ;)

↳ Antwort von **-Engelchen-**

Meine Hunde dürfen ins Bett, Basta.
Früher hatten wir Schäferhunde, da war das natürlich was anderes. ;)
LG.

↳ Antwort von **Trulla 1962**

Hallo,

also mein Hund liegt auch im Bett. Wenn ich dann aber in's Bett möchte, steht er sofort auf, und springt runter. Er würde noch nicht einmal im Schlafzimmer bleiben, das macht er von ganz alleine, ohne das wir etwas gesagt haben. Selbst wenn mein Mann mich umarmt, dreht er den Kopf weg und geht. Wäre sein Verhalten nicht so, dürfte er auch nicht mehr in's Bett.

Also, zeig ihr wer der Chef ist, dann fuktioniert das auch.

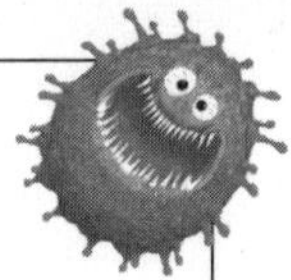

Best of kluge Forensprüche und lustige Signaturen

- Wahre Prinzen töten keine Drachen für dich, sondern lieben dich, wenn du mal ein Drache bist.
- Deutsche Männer sind die einzigen auf der Welt, die über ein Dutzend nackte Frauen hinwegsteigen würden, um zu einer Flasche Bier zu kommen.
- Da hilft kein Schütteln und kein Klopfen, in die Hose geht der letzte Tropfen.
- »Darf ich bitten, oder wollen wir vorher noch tanzen?«
- 85 % aller Männer denken, ihr Ding wär zu klein, die restlichen 15 % glauben, dass mit dem Lineal was nicht stimmt.
- Wer kämpft, kann verlieren...... aber wer nicht kämpft hat schon verloren!!!!!
- Verbrenne dich an einer heißen Pfanne, und eine Sekunde vergeht wie eine Stunde! Liege neben einem heißen Mann, und eine Stunde vergeht wie eine Sekunde.
- Die Rechtschreibfehler sind gewollt und dienen der allgemeinen Belustigung.
- Ich versteh nicht, warum die Frauen immer so viel Geld brauchen: Saufen und rauchen tun sie nicht, und Weiber sind sie doch selber.

- Sprach Abraham zu Bebraham: Kann ich ma dein Zebra ham?
- Schnarchen macht impotent – das heißt: Wer schnarcht, der sägt am eigenen Ast!
  (Harald Schmidt)
- Titten raus – es ist Sommer!
- Klopapier beidseitig verwenden, und der Erfolg liegt auf der Hand.
- Die meisten Haushalte passieren durch einen Unfall.
- Liebes Dr.-Sommer-Team: Meine Freundin hat ein Siemens S35i, ich aber ein Nokia 8210. Hat unsere Beziehung Zukunft?
- Wenn ich dich sehe, muss ich immer daran denken, nicht das Erste zu sagen, was mir spontan durch den Kopf geht.

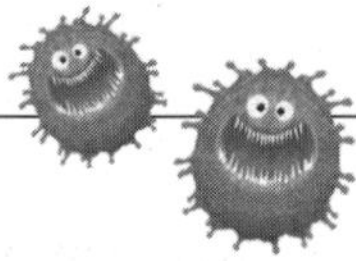

MEINE GURKE IST DIE GRÖSSTE

Von Blumen-Flüsterern bis zu Schnecken-Seelsorgern:
Meine Pflanzen und ich

Der eine träumt von einer Riesengurke, die andere liebt rote Rosen, und wieder andere fragen sich, was mit ihrem Kaktus nicht stimmt. Ist die Pflanze gut drauf, freut sich der Mensch. Der Einfallsreichtum, mit dem das Grünzeug zum schöneren, üppigeren und blütenreicheren Wachstum motiviert werden soll, kennt keine Grenzen. Hauptsache, der Rasen auf der eigenen Seite des Zaunes ist grüner als der des Nachbarn. Wer dem widerspricht oder gar im Wege steht, muss sich warm anziehen: Läuse, Schnecken und andere Schädlinge werden zu verhassten Gegnern und kriegen mit bloßer Handarbeit, chemischen Keulen oder gar übernatürlichen Kräften zu spüren, wo der Hammer hängt.

Ja, der Mensch pflegt eine innige Beziehung zu seinen Pflänzlein, gibt ihnen liebevoll Namen und spricht vielleicht sogar mit seinen blühenden Freunden:

»Sprecht ihr auch mit euren Pflanzen?«
(quaxi auf www.platinnetz.de)

»Hi, ich spreche auch mit meinen Pflanzen!!! Ok, mein GG meint, ich quatsche die tot!!! Aber es überleben immer alle, also kann es nicht schaden!!!«
(andruschka 79 auf www.hausgarten.net)

»Das tun glaube ich nur Leute, die ihre Pflanzen auch rauchen, oder!??«
(Smoove auf de.answers.yahoo.com)

»Klar rede ich mit meine Schatziiis…haben sogar Namen… mein Zwergdattelpalme heißt Anita, die Phönixpalme heißt Ursela und die beiden was weiß ich was es ist in meinem Terrarium heißen Fred und Frida und sie wachsen wunderbar wenn ich mit ihnen rede…also ich glaube dran, es funktioniert!!!« (myWonderworld auf www.erdbeerlounge.de)

»Meine Frau spricht mit den Pflanzen, und mit Unkraut wird geschimpft. Hilft aber nicht.«
(akdeniz auf de.answers.yahoo.com)

»Ja na klar rede ich mit meinen Pflanzen! Gut, ich rede auch sonst allgemein recht viel mit meinem Mobiliar, aber doch bevorzugt mit Pflanzen… Meine Yucca hat grad Schildläuse, darum red ich ihr besonders gut zu, immer, wenn ich die Mistviecher abkratz und sie hat jetzt trotz Schädlingsbefall zwei neue Blätter bekommen. Toll, oder?«
(Jono auf www.land-der-traeume.de/forum)

»Die sind die einzigen, die mich wirklich verstehen.«
(tocktock auf de.answers.yahoo.com)

»Ich rede nicht mit unseren Pflanzen, weil albern. Meine Frau spricht mittlerweile dafür mehr mit ihren Scheißblumen als mit mir. Ich rede statt dessen mit meinem Auto.«
(Brummi2000 auf www.erdbeerlounge.de)

»Ich spreche auch mit meinen Pflanzen… und ab 2 Promille sogar mit der Straßenlaterne.«
(irubis auf hausgarten.net)

»Ja, denn durch das Sprechen versorge ich die Pflanzen mit Kohlenmonoxid, das sie brauchen, um Photosynthese zu betreiben. Das ist der einzige Grund. Das Pflanzen besser wachsen, weil sie liebe Worte hören, ist Unsinn.«
(liamslittledarlin auf de.answers.yahoo.com)

»habe neulich eine meiner Orchideen zusammengeschissen, weil sie nicht blühen mag, jetzt 1 Woche später seh' ich neue Triebe. muss wohl was dran sein.«
(Redorchid auf www.erdbeerlounge.de)

»Erzählt es nicht weiter – aber bei uns ist es so dass die Pflanzen mit mir sprechen. Sie ›rufen‹ mich wenn sie durstig sind oder wenn irgend etwas nicht so ist wie sie es möchten oder sie mir etwas ›zeigen‹ möchten, ein neues Blatt, eine besondere Blüte, was auch immer. Nein, ich nehme keine Drogen ;) Es gibt Pflanzen da stimmt die Sympathie

sofort überein, bei andern stimmt ›die Chemie‹ nicht und ich kann tun was ich will – sie geht ein. Manchmal ruft auch eine in einem Gartencenter wenn sie unbedingt zu mir will, sind schon witzige Dinge passiert :)«
(Tumana auf www.zimmerpflanzenlexikon.info/forum)

»es ist hier einigen nicht ganz klar, dass pflanzen auch Lebewesen sind, die ihre Umgebung wahrnehmen können… der Mensch an sich hat eine gewisse Aura (wissenschaftlicher begriff fehlt mir gerade), die eine Pflanze bereits merkt… beim Fokussieren der Augen soll wohl eine höhere Menge dieser Aura auf den Punkt gelenkt werden, folglich bringt es der Pflanze schon etwas. Auch wenn die Pflanzen unsere Wörter nicht verstehen, merken sie zumindest, dass wir reden bzw. überträgt sich das ganze auch auf unsere Aura. […]« (kani auf www.land-der-traeume.de/forum)

Auch wenn die Meinungen bezüglich Sinn und Erfolg des Sprechens von Mensch zu Pflanze also auseinandergehen, bleibt festzuhalten: Es gibt offenbar jede Menge Menschen, die es tun. Wer jetzt Motivation verspürt, mal ein paar nette Worte an seinen Büro-Fikus zu richten oder vielleicht auch die vor sich hin vegetierende Jukka-Palme im Treppenhaus anzusprechen, kommt schnell zu der Frage, die auch Juli Sonne auf de.answers.yahoo.com umtreibt: »Über was sprecht Ihr mit Euren Pflanzen?« Und wer glaubt, dass man mit seinen Blumen nur belanglosen Small Talk über Wetter, Mittagessen oder die politische Lage betreiben kann, wird hier eines Besseren belehrt:

»Ich erzähle denen alles, was andere nicht hören wollen.« (fener auf de.answers.yahoo.com)

»Ich singe meinen Tomaten wenn Sie grün sind immer schmutzige Lieder vor. Dann werden diese rot.« (oecherjung1 auf www.gutefrage.net)

»[…] wachs endlich sonst wird der Häcksler angemacht und du schaust dir die Technik im Inneren mal genauer an!« (ExoMan auf www.tropenland.de/Forum)

»[…] gedroht habe ich meinen auch schon mit dem Komposthaufen das ist wirklich nicht immer ohne Wirkung, manchmal hilft's, ganz ehrlich.« (verena auf www.tropenland.de/Forum)

»Über das Leben und die Ewigkeit. was denn sonst.« (tocktock auf de.answers.yahoo.com)

»Ja, ich spreche schon mal mit meinen Pflanzen. Vor allem wenn sie mal wieder den Weg versperren, dann sag ich schon mal ›Scher dich weg du blödes Ding‹, aber hinterher entschuldige ich mich dann und geb ihnen ordentlich Wasser bis sie nach Luft schnappen […]« (erweh auf www.gutefrage.net)

»Ich sabbel einfach so vor mich hin. Jede Menge Scheiß, so wie man auch mit einem Baby spricht.« (ButterMC auf www.avrilfans.de)

Wer solch eine enge Beziehung zu seinen Pflanzen pflegt, macht sich natürlich auch allerlei Sorgen um seine Liebsten. Und ähnlich wie beim Automechaniker, Friseur oder Urologen legen die Menschen in den Foren ihre Seele offen und scheuen sich nicht, ihren ärgsten Ängsten Luft zu machen:

»Hilfe! Was ist mit meiner Gurke los?«
(Berlinerin auf www.gartenforum.de)

»Wie bekomme ich Kürbisse (Riesenkürbise) extrem groß?«
(Highhorizon auf www.gutefrage.net)

»Ist meine Apfel-Gurke noch normal?«
(manko auf garten.landlive.de)

»Pilz-Alarm!! wie entferne ich Pilze im Rasen?«
(myy44 auf www.gutefrage.net)

»Hilfe! Mein Rhododendron hat plötzlich gelbe Blätter, vor allem an den Triebspitzen und ich weiß nicht, woher es kommt.«
(ziernessel auf www.gutefrage.net)

»HILFE mein Buchs wird gelb!«
(Mini-Muffti auf www.schnullerfamilie.de)

»HILFEEE!!! AUSLÄUFERALARM bei Wildaster!!«
(monique84 auf www.mein-schoener-garten.de)

»Hilfe, mein Kaktus hat Herpes«
(Piekser auf www.cosmiq.de)

»Warum bekommt meine rosa Hortensie grüne Blüten?«
(Lillibelle auf www.gutefrage.net)

In manchen Dingen sind die Pflanzen uns Menschen sehr ähnlich. Wenn eine Blume nicht blüht, die Gurke nicht wächst oder das Bäumchen die Blätter hängen lässt, liegt es oft an der Ernährung. Viele Leute überlegen deshalb verständlicherweise, mit welchen Leckerlis und Vitaminbomben sie ihre Pflänzchen aufpäppeln können:

»Kann ich mit Kaffee Rosen düngen?«
(Pfirsiche auf www.utopia.de)

»Wie (womit) düngt man eine Bougainville,
die schwächelt?«
(DOZO auf www.cosmiq.de)

»Düngestäbchen oder Flüssigdünger?«
(Valdris auf www.green-24.de/forum)

»Kaffee ist klasse, ob Maschine oder Senseo, Pferdemist
ist klasse, ob Hengst oder Stute, Algen sind gut, egal
woher.«
(cooper45 auf www. www.capsamania.de)

»Sind Fuß- und Fingernägel guter Dünger für Pflanzen?!?
Habe mal gehört dass man seine abgeschnitten Fuß-und

Fingernägel in Pflanzenerde verbuddeln sollte, da das den Wachstum der Pflanzen anregt?«
(Maggie auf de.answers.yahoo.com)

Bubbelflip geht die Sache eher wissenschaftlich an und fragt auf www.chemieonline.de: »Hallo zusammen! Ich habe gestern die ›Hobbythek-Show‹ gesehn. Darin wurde gesagt, man könne die Bartstoppeln aus dem Elektrorasierer prima als Blumendünger verwenden. Ich weiß zwar, dass Kreatin auch Stickstoff enthält, doch frage ich mich, ob denn diese Haarstoppel überhaupt von den Pflanzen genutzt werden können – immerhin müssen ja die Proteine irgendwie aufgeschlossen werden?!«

Zum Glück schaltet sich Magi ein und kann weiterhelfen: »Ja das stimmt schon. Meine Mutter besitzt eine Friseurkette und da kommen auch ab und an Anfragen von Landwirten ob man nicht den Haarabfall in Säcke machen kann und ihnen geben. Als Dünger für die Obstbäume.« (Magi auf www.chemieonline.de)

Doch Düngen will gelernt sein, und es gilt der Grundsatz »Viel hilft manchmal wenig«. Gerade beim Kompost gibt es sehr feine Unterschiede, und nicht umsonst werden in der Schweiz sechstägige Ausbildungslehrgänge zum Kompostberater angeboten. Das Feld ist weit, und Fragen wie die von septembermama78, »Wie dünge ich unter Rindenmulch?«, werden im Kompost-, Dünger- und Mulchfragen-Unterforum (heißt wirklich so) auf www.gartenforum.de heiß diskutiert. Wir merken bald: Nicht alles, was stinkt, ist gut, und mancher Mist ist einfach Mist.

»Hilfe!!! Mein Kompost stinkt!!!«
(fatzi auf www.chefkoch.de)

»Kann man Pferdemist im Garten unter die Tomaten eingraben, um eine bessere Ernte zu erzielen?«
(LOLA auf de.answers.yahoo.com)

»Wie kann ich selbst Dünger herstellen??? Ich hab eine Gartenpflanze aber sie wächst so langsam in einer Woche vielleicht einen halben Millimeter könnt ihr mir sagen wie man Dünger herstellen kann denn die gekauften nützen nicht vielleicht helfen die selbst hergestellten etwas bitte schreibt mir???«
(PentzTyson auf www.gutefrage.net)

»Was ist nun eigentlich besser? Kuh Mist oder Pferde Mist für einen Garten?«
(Steini auf de.answers.yahoo.com)

»Aber ich hoffe, du tust keinen Mist auf die Erdbeeren, denn da gehört Schlagsahne drauf!«
(pikachu auf de.answers.yahoo.com)

»Pferdeäpfel sehen schöner aus, als Kuhmist. Aber ansonsten glaube ich: Mist ist Mist. Selbst von Katzenscheiße sind meine Rosen wunderbar gedüngt.«
(Mii auf de.answers.yahoo.com)

»Außerdem ist Hühnermist ein Geheimtipp unter Hobbygärtnern. Rosen, Erdbeeren und Tagetes wachsen wie verrückt mit dem Zeug.«
(ClaudiaK auf www.deutsch-kurzhaar.eu)

»Wie lange ist frischer Mist frisch?«
(Löni auf www.gartenforum.de)

»Frischen Pferdemist wie lagern? Für das Hochbeet, was ich im Frühjahr anlegen möchte, habe ich mir schon mal Mist besorgt. Wie lager ich den bis zum Frühjahr? Zur Zeit ist er in einer Kiste ohne Löcher unten und da kann er ja wohl nicht bleiben. Soll ich ihn jetzt schon mit den reichlich vorhandenen Blättern mischen? […]«
(verbena auf www.naturgarten-geigle.forumprofi.de)

»Wie gehe ich mit frischem Pferdemist um? Ich kriege, wann immer ich Platz habe, von meinem Zahnarzt Pferdemist, den ich (so haben mir Forumsmitglieder im letzten Herbst befohlen) erst einmal für einige Monate zwischenlagere. Nun stelle ich fest, dass die Ködelchen vom Pferd – es sind Ponys, somit ist das ›chen‹ angebracht – auf den Beeten immer noch zu sehen sind, wo ich doch gehofft hatte, dass sie sich allmählich auflösen. Die Frühjahrssonne hat sie regelrecht fest gebrannt.
Frage: Muss ich den zwischengelagerten Mist viel wässern, evtl. mit Erde zudecken, oder was?
Mistige Grüße von der Anne«
(Anne auf www.forum.planten.de)

»Wo krieg ich bloß Pferdemist her?«
(Anfissa auf www.mein-schoener-garten.de)

Angesichts der komplexen Überlegungen rund um Pferdemist, Kuhmist, Hühnermist und Co. ist es nicht verwunderlich, dass einige praktisch veranlagte Pflanzenfreunde überlegen, ob man sich tatsächlich die Mühe machen muss, die Fäkalien von Tieren von weit her in den heimischen Garten zu schaffen. Oder ob es nicht vielleicht auch einfacher geht:

»Warum recycelt man keinen Kot? Man könnte
doch aus Menschenkot Dünger herstellen!?«
(Alphahopip auf www.gutefrage.net)

»Ist es für die Pflanzen schädlich wenn man
sie bepinkelt?«
(kinowelt auf www.gutefrage.net)

Saigai fragt sich Ähnliches auf de.answers.yahoo.com: »Wenn die Bauern die Äcker mit Kuhkot düngen; wäre es nicht dann möglich, den Garten mit eigenem Kot zu düngen? Wär doch auch eine Ersparnis der Wasserkosten von der Toilettenspülung. + man hätt den Garten gedüngt ohne teures Geld.«

Und er darf sich über eine Vielzahl von Antworten freuen, wie zum Beispiel: »Kann ich mir gerade gut vorstellen, wenn du grad über deinem Erdbeerfeld hockst und k., bring dann wenigstens das Klopapier weg. gröl. Kuhkot ist nicht zu vergleichen mit menschlichem Kot, da wir Fleischesser sind und noch vieles andere essen.« (mupfell auf de.answers.yahoo.com)

Andere Fragen betreffen eher die flüssige menschliche Variante. So auch der folgende gekürzte Thread auf www.mein-schoener-garten.de:

Düngen mit Urin?

Frage von **Sabine**
HAllo,
wer kann mir sagen, ob menschl. Urin gut als Dünger herhalten kann? Einerseits sagt man, unappetitlich, aber bei Rasen klappts. Wie siehts im Gemüsebeet oder Staudenbeet aus? Wer hat ERfahrungen damit gemacht?
Sorry, vielleicht findet das jemand unappetitlich, aber ich wüßts halt gerne,
lg und schönes WE
Sabine

↳ Antwort von **ehemaliges Mitglied**
Manche gurgeln damit, dann kann es auch dem Garten helfen.
Muß ich doch mal Barbara Rütting fragen.

↳ Antwort von **MichaelGerten**
ich halt mir grad den bauch vor lauter Lachen, wenn ich mir vorstelle, wie manche pinkelnd von pflanze zu pflanze laufen.......

↪ Antwort von **ehemaliges Mitglied**
Nein, da kommt der gute alte Nachttopf wieder zum Einsatz.

↪ Antwort von **monique84**
Ich hoffe das Thema ermutigt jetzt keinen heimlich mitlesenden GG sich draußen auf dem Rasen zu erleichtern, weil er vielleicht zu faul ist ins Haus zu laufen.
Hunde dürfen ja auch nicht auf den Rasen machen, weil es braune Flecken gibt. Das wird doch beim Mensch nicht anders sein.

↪ Antwort von **Pflanzine**
habe zwar nur mit meinen hundchen erfahrungen gemacht, aber ich kann ja auch mal was dazu sagen. die hunde haben mir den rasen immer verbrannt. bin zwar gleich mit der gießkanne hinterher gelaufen um das ganze zu verdünnen, aber manchmal sieht man es ja nicht.
aber:
wenn der rasen dort wieder wächst, (nachdem ich die verbrannten halme herausgeharkt habe) ist er doppelt so schnell im wachstum und dunkelgrün. sieht aus wie ein nest auf dem rasen.
da muß wohl was dran sein.
aber abgesehen davon, könnt ich mir vorstellen, daß dein garten nicht sehr angenehm zu riechen wäre und ich mich als gast (wenn ichs wüßte) nicht mit nackten füßen auf deinem rasen wohl fühlen würde.
auch könnte es sein, daß sich evtl. verschiedene tiere daran orientieren und ihre marken über deine setzen!

↳ Antwort von **monique84**

Ich finde Dünger ist nun auch nicht sooo teuer, dass man auf den Rasen machen muss.

↳ Antwort von **Yersenia**

In unsere Gartenanlage wird die Urindüngung noch mit Erfolg praktiziert.
Einer pieselt grundsätzlich über den Kompost oder auf den (außenliegenden) Weg um die Kaninchen zu vertreiben, er muss dann auch keine Knoddeln wegmachen. Er sagt verschenkter Dünger. Selbst schuld diejenigen dies nicht machen.
Ein anderer pieselt in einen Eimer, lässt angären und gießt damit (in der Gießkanne wie Jauche verdünnt) Starkzehrer wie Gurken und Tomaten. Hat allerdings den Nachteil daß man den Sammeleimer so hinstellen muss daß er nicht auf der Terasse stinkt.
In beiden Fällen wachsen die Pflanzen prächtig.

↳ Antwort von **aresvomteichufer**

Übers Plumpsklo wird der Urin aber erst einige
Zeit abgelagert und vergoren!!
Vor 100 Jahren war das vielleicht das natürlichste der Welt, aber heute?

Nicht selten lassen Schädlinge den Hobbygärtner verärgert die Stirne runzeln. Blattlaus und Konsorten sind im Garten oder auf dem Fensterbrett vollkommen deplatziert und werden zu gejagten Gegnern. Treten diese Gegner in größeren Gruppen auf, wird aus Ärger schnell Wut und Verzweiflung:

»Schneckenalarm! Hilfe!«
(baby0607 auf www.urbia.de)

»Was tun gegen aufdringliche Schnecken?«
(Manjula auf www. de.answers.yahoo.com)

»Wie erkläre ich den Schnecken, dass es sich um MEINE Terrasse und MEINE Gartenmöbel handelt??«
(Zauberküche auf www.chefkoch.de)

»… ich hasse sie, diese Nacktschnecken.«
(butterblümchen auf www.gartenforum.de)

»Oh nein, könnte heulen, die Schnecken sind wieder da.«
(toeffi auf www.mein-schoener-garten.de)

»Igitt Schneckeninvasion!«
(Hansetriebel auf www.mein-schoener-garten.de)

»Hilfe! Schneckenüberfall! Die gefräßigen Kerle haben sich über mein Salatbuffet hergemacht und in einer Nacht 50 Prozent der späteren Ernte ratzekahl gefressen, sprich, fast ohne Spuren zu hinterlassen, vernichtet.«
(Dagmar Kropp auf www.utopia.de)

Wer sich mit Schneckenproblemen an die Netzgemeinde wendet, findet nicht nur sofort neue Freunde bzw. Leidensgenossen, sondern vor allem eines: konstruktive Hilfe. Neben allerlei Methoden wie Schneckenzäune, Vlies, Igel züchten, Hornspäne verstreuen, Schilder aufstellen, Schneckenkorn oder Rasierklingen auslegen wird vor allem die gute alte Bierfalle als Lösung angepriesen: »Bierglas mit Bier füllen, das Glas in die Erde eingraben. Schnecken trinken – sind besoffen – fallen ins Glas – kratzen ab.« (Knospes Assi auf forum.hanfburg.de) Doch leider hat auch diese Medaille zwei Seiten, und so ist auch die Bierfalle nicht unumstritten:

»Auf keinen Fall Bierfallen aufstellen und keine Tagetes pflanzen. Das spricht sich unter Schnecken sehr schnell rum und du machst nur deinen Nachbarn eine Freude, weil die Schnecken Party mit Freibier bei dir machen.«
(Heidi von der Alm auf de.answers.yahoo.com)

»Ich habe gelesen, dass Igel auch die Bierfallen für Schnecken aussaufen!!!!«
(tanteEmma auf www.garten-pur.de)

»Hallo zusammen, wir haben auch mit den Schleimis große Probleme (kleines Wäldchen). Aber wir Nachbarn halten zusammen und gehen abends auf Schneckenjagd (mit Messer, Schere, Salz, etc.). Die Bierfallen haben wir aufgegeben nachdem mein damals kleiner Sohn kam und sagte: ›Schau mal, Mecki hüpft und purzelt!‹ Schreck lass nach!!! Der Kerl war stockbesoffen. Wir haben sofort alle Bierfallen entfernt aber da hat der Kerl nächtelang randaliert weil er kein Bier mehr zu saufen hatte!!!«
(Ingeburg Schröder auf www.mein-schoener-garten.de)

»Schon mal dran gedacht, das besoffene Igel sich nicht zusammenrollen können und bei Hunde- oder Katzenattacken ungeschützt sind? Ich find Bierfallen deswegen nicht ok und hab auch keine.«
(Martina777 auf www.mein-schoener-garten.de)

Ob eingesammelt, gefangen, tot oder lebendig – viele glauben, das Problem gelöst zu haben, wenn die Schnecken erst einmal im Eimer sind. Doch der Siegestaumel ist meist nur von kurzer Dauer, denn bald stellt sich das Folgeproblem ein:

»Wohin mit den im Garten gefangenen Schnecken?«
(Rackerli auf www.gutefrage.net)

»Wie entsorge ich tote Nacktschnecken? Wohin mit rund 500 gemurksten Schnecken / Tag???? In den Biomüll nicht, weil sie aus Fleisch bestehen. Hausmüll sicher auch nicht, oder? Eingraben oder Kompostieren dürfte ich einige wenige, aber ich töte heuer Hunderte Tiere / Tag! Habe gerade 628 fette Nacktschnecken in einem Kanal entsorgt, weil ich nicht wusste, was ich sonst mit ihnen tun sollte. Ich töte sie mit Ammoniakwasser – ein Spritzer Salmiakgeist auf 4 Liter Wasser. Darin sterben sie binnen 1–2 Sekunden. Es ist humaner als Salz oder Bier oder gar Schneckenkorn. Sie verwandeln sich in eine schleimige Suppe, die sich in Wasser immer mehr auflöst. Man kann sie leicht wegspülen. Es sieht nur sehr eklig aus. Ich bin schon völlig fertig, weil jeden Tag immer mehr und mehr Schnecken auftauche.«
(Carnivora auf www.garten-pur.de)

»Jeder von uns, der eine mehr der andere weniger, hat doch diese braunen Nacktschnecken im Garten. Es wird immer über das ›absammeln‹ geredet. Nun meine Frage. Was macht Ihr nach dem Absammeln mit den ungeliebten Tierchen? Nachfragen bei Nachbarn und Bekannten hat ergeben, dass die einen sie mit extra angespitzen Steckern aufspießen, mit Messer durchschneiden oder in eine Dose mit Salz werfen bzw. in Joghurtbecher mit Bier ersäufen. Ehrlich gesagt finde ich das alles zu ekelig und auch überhaupt nicht Lebewesen freundlich. Ich werfe Sie immer rüber ins Feld, dass durch eine 50 cm hohe Beton Mauer von unserem Grundstück getrennt ist. Auch wenn die Schnecken bis zu 25 Meter weit kriechen in einer Nacht, hoffe ich doch das es in der Wiese soviel zu fressen gibt, dass Ihnen der Weg zurück zu weit ist. Wie haltet Ihr das mit den Schnecken?«
(Brumsummsel auf www.krautundrueben.de)

Ach ja, wohin nur mit den Schleimern. In der Schule konnte man sie meistens in der ersten Reihe platzieren. Und nachmittags war der »Lernraum« ein gutes Biotop, aus welchem sie nur selten freiwillig herauskamen. Nun können es sich die meisten Gartenbesitzer nur schwer vorstellen, einen Teil ihres Gartens exklusiv für die tierischen Schleimer zu reservieren, und so werden verschiedene Optionen der Entsorgung fleißig disputiert:

»Vielleicht ins Tierheim bringen.«
(Kaktuspink auf www.gutefrage.net)

»Oder sammel sie ein und verkaufe sie an ein französisches Restaurant. ;-))«
(qm_sirius auf de.answers.yahoo.com)

»Nackte Schnecken kannste bei mir vorbei bringen. Blond ist bevorzugt, aber eigentlich egal, so lange sie nackt sind.«
(Rübennase 1 auf www.garten-pur.de)

»[...] ich gebe den Schnecken eine faire Chance, ich sammle sie und werfe sie zu den Hühnern rein, so haben sie die Chance schnell zu verschwinden oder sie werden von den Hühnern gefressen, die mir dann wieder Eier geben [...].«
(smilly auf www.krautundrueben.de)

»@Harald: habe mal gelesen, dass manche Schnecken Aasfresser sind, zudem können sie bis zu 150 m weit riechen. Die toten Schnecken also im eigenen Garten abzulegen könnte viele andere Schnecken anlocken.«
(Daniel auf www.chiliforum.hot-pain.de)

»Ich schmeiße sie immer meinem Nachbarn in den Garten!«
(HugoGuth auf www.gutefrage.net)

»Das Rauswerfen klappt nicht!! von der Wiese hinter dem Garten kamen sie scharenweise reingeschleimt. Wie die auf große Entfernungen das Fressen riechen, frage ich mich doch oft.«
(hht auf www.krautundrueben.de)

Damit kein falscher Eindruck entsteht: Nicht jeder, der Blumen liebt, muss Schnecken hassen. Auch wenn ein Blick in die Foren schnell den Eindruck entstehen lässt, dass Blumenfans all ihre Liebe für ihre blühenden Freunde aufbrauchen und für Schnecken und andere sogenannte Schädlinge nur noch Missgunst und Vernichtungswillen verspüren, der zweite Blick lässt wieder aufatmen. Es gibt sie noch, die aufgeschlossenen Menschen, die jedes Leben als Gottesgeschenk begreifen und nicht blind das eine töten, nur um das andere leben zu sehen. Es sind die Gegner der Pestizide und der Schnecken-mit-dem-Spaten-Zerhacker, Menschen, die jedes Leben achten und die auch mal kritisch ihre eigenen Gefühle hinterfragen. Wie zum Beispiel Schlappohr2 auf www.gutefrage.net: »Wie geht ein Christ mit Nacktschnecken um?«

Er darf sich über die folgende aufschlussreiche Antwort freuen: »Als guter Christ muss ich meinen geplanten Lebensunterhalt nicht den Schnecken opfern. Das ist Natur und die ist unerlöst, sagt Paulus. Sie wartet mit uns auf die Erlösung. Ich warte und die Schnecken warten. Bis dahin herrscht zwischen uns Feindschaft.« (quopiam auf www.gutefrage.net)

Auch andere Fragen und Kommentare beschwören den philosophischen Geist und das Einfühlungsvermögen des Menschen:

»Warum findet man Nacktschnecken eklig, aber Schnecken mit Häuschen süß?«
(arabella70 auf www.gutefrage.net)

»Die meisten Gärtner kennen keine Gnade und schwingen die chemische Keule. Mit allen Mitteln versuchen sie, den schleimigen Besuchern beizukommen, so zum Beispiel durch Zerhacken mit dem Spaten, Vergiften mit Schneckenkorn, Bestreuen mit Salz oder Kaffeepulver – alles sehr barbarische Methoden, wenn man es recht betrachtet.«
(BelRia auf www.wer-weiss-was.de)

»Können Schnecken Schmerzen empfinden?«
(Latschko auf de.answers.yahoo.com)

»Salz ist ABSOLUTE QUÄLEREI. Bitte, bitte nicht, die Viecher gehen ganz, ganz elendig ein.«
(tige79 auf www.rund-ums-baby.de)

Einige Gärtner gehen ganz neue Wege, um dem Schneckenproblem Herr zu werden. Der Ideenreichtum ist groß, und zeitweilig verschwimmen die Grenzen zwischen Realität und Fiktion bzw. zwischen Sein und Schleim, wie der folgende leicht gekürzte Thread auf www.krautundrueben.de eindrucksvoll belegt:

Schneckenflüstern statt Schneckenkorn (Naturgarten allgemein)

Frage von **moorfrosch**
ich habe euch doch mal davon geschrieben, dass ich den schnecken verboten habe, in den garten meines sohnes einzuziehen. das hat wohl geklappt.
evtl. ist das ja die möglichkeit, mit den schnecken auf eine andere weise zu kommunizieren.
liebe grüße von barbara

↳ Antwort von **wildkatze**
das ist ja bemerkenswert... staun...
wie hast du den Schnecken denn das verboten???
Wozu soll ich ein Buch lesen,wenn du mir das einfach so erklären kannst?
Klär uns bitte doch auf und erzähl uns was du den Schleimern denn geflüstert hast.
LG Claudia
P. S. lese lieber andre Gartenbücher...nicht, daß hier der Eindruck entsteht ich würde NICHT gerne lesen.

↳ Antwort von **Salbei**
Wenn ich mit jeder Schnecke, die mir so begegnet ein flüsterndes Gespräch führen würde, wäre ich im Nu heißer. Zu Spitzenzeiten ca. 250 am Tag, aber 80–100 sind es täglich. Mir hängt die Salzerei auch bald zum Hals raus, aber in Null Komma Nischt haben die ja alles platt gemacht. Die Cannas mußten schon auf die Terrasse umziehen.

↳ Antwort von **moorfrosch**

hallo,

ich rede mit allen pflanzen, schnecken,insekten,fröschen,anderen tieren etc. mehr telepatisch. ich habe einfach nur meine wünsche gedacht. […] so einfach ist das ja nicht zu erklären.

ich bin ein teil der natur und schnecken gehören eben auch dazu. nur eben da, wo sie mir nützlich sind. in meinem alten hofgarten waren sie am rande geduldet. das ist einfach jahrelanges leben im einklang mit der natur. für mich ist es einfach. aber nicht einfach zu erklären.

ich glaube, ihr denkt, die alte moorhexe ist ein bißchen verrückt. das macht aber nichts. ich bin die,die ich bin.

liebe grüße von barbara

↳ Antwort von **cocolina**

hi moorhexchen,

also **ich** finde das spannend! wieso sollte das eigentlich nicht funktionieren? ich muß ja nicht direkt aufm boden rumrobben und einzeln zwiesprache mit den neckis halten. die innere einstellung, die in dem link annähernd erläutert wird, gefällt mir.

aber es ist bestimmmt wie mit der homöopathie, den bachblüten und anderen feinstofflichen und spirituellen ›dingen‹: mensch muß davon überzeugt sein, **daß** es funktioniert, **damit** es funktioniert.

innere sperren verhindern das wirksamwerden.

das universum lacht sich schlapp, wenn ich nur so tu als ob…

cocolina

↳ Antwort von **Birgit**

Hallo an Alle,

ich hatte einige Jahre Friedensabkommen mit meinen Schnecken, doch in diesem Jahr habe ich die spanischen Wegschnecken – ich kann kein spanisch und die wollen mein Deutsch nicht verstehen! Zum Glück ist es ihnen im Moment zu kalt, die Pflanzen nutzen ihren Heimvorteil und wachsen ihnen davon.Wir können dann wohl bald wieder in Frieden leben.Es gelingt mir halt nicht immer gelassen zu bleiben und dann klappt das mit dem gegenseitigen Verstehen überhaupt nicht.

Gruß Birgit die im Garten nicht nur Selbstgespräche führt

↳ Antwort von **Annette Hammer**

Liebe Barbara,

hast du vielleicht, als du gestern bei mir warst, zwischendurch Zeit gehabt, auch meine Schnecken hinter die Hecke zu verbannen?

Falls nicht, kommst du bitte bitte nochmal vorbei, sonst muss ich die armen Tierchen auch weiterhin an die nachbarlichen Eierleger weiterreichen.

Na ja, immerhin, die Hennen lieben mich…

übrigens: ich habe heute nicht, wie andere den Tatort, sondern die schönsten Gärten in Hessen angesehen, und was tat eine Gärtnerin gegen das Niederfressen ihrer jungen Funkien? Sie legte Fichtenzapfen ringsherum- das werde ich auf jeden Fall probieren

Heute morgen habe ich auf meiner Kräutermauer unter dem Thymian ein dicke Kröte aufgeschreckt. Da Kröten ja nicht so gut klettern können, nehme ich an, dass sie dort reichlich

Beute macht, so dass sich die Kraxelei für sie lohnt
(am besten in Form von Schnecken?)
liebe Grüße
a n n e t t e

↳ Antwort von **Gudrun**

Liebe Barbara, du Moorhexe mit deinen Kommunikationskünsten,
Glaubst du, wenn ich meinen Ton den Schleimern gegenüber ändere, hab' ich 'ne Chance bei denen? Die sind bei mir nur so Sachen gewöhnt wie:
»Ha du Miststück, das haste dir so gedacht« o. ä. Außerdem bin ich bei denen natürlich als Mörderin bekannt. Und bis die Kröten erwachsen sind, muss ich ja wohl
paar Jahre warten.
Ernst und streng werden die mir auch nicht abnehmen…
wo sollen die denn hin,die armen Schleimer, drumrum gibt's nur sogenannte ordentliche Gärten, also Rasen, Kiefern, Rhodos.
Wenn du denkst, du könntest mit »wunderliche Alte« durchkommen, dann irrst du dich in diesem Forum aber gewaltig!!
VlG Gudrun

↳ Antwort von **Naturfoto**

Hallo Moor- und andere Hexen
Seid froh, dass das Mittelalter schon lange vorüber ist, sonst wäret Ihr echt gefährdet.
LG Sepp

Interessanterweise tummeln sich die hier so kenntnisreich thematisierten braunen Nacktschnecken bei uns in Deutschland erst seit ca. 40 Jahren. Sie kommen ursprünglich aus Spanien, heißen offiziell Spanische Wegschnecke und sind vermutlich eine Antwort mallorquinischer Gärtner auf die Invasion deutscher Touristen auf der Mittelmeerinsel, die ebenfalls in den 1970er Jahren ihren Anfang nahm. Die Folgen beider Entwicklungen treten heute sowohl am Ballermann als auch in deutschen Gärten zutage: Es gibt jede Menge Leute, die sich über die Einwanderer beschweren, aber kein ernsthaftes Mittel dagegen finden. Erschwert wird die Sache dadurch, dass es sich bei den Nacktschnecken (und im weitesten Sinne auch bei den deutschen Touristen) um sogenannte invasive Neozoen handelt, die in unseren Breiten keine natürlichen Fressfeinde haben. Wenn ein deutscher Igel die Wahl zwischen spanischer Nacktschnecke und deutscher Schnecke mit Haus hat, entscheidet er sich trotz oder vielleicht gerade wegen des Zähneknirschens immer für die Variante mit Haus! Genau deshalb brauchen wir indische oder alternativ chinesische Laufenten in unseren Gärten, da die bei uns normalerweise beheimateten Enten die Nacktschnecken verschmähen. Es lebe die Globalisierung, es lebe der freie Arbeitsmarkt, es lebe die Laufente, es sterbe die Nacktschnecke!

»Kauf Dir ein Paar (sind Gesellen Tiere ca. 30 € Stück) Chinesische Lauf-Enten und Dein Problem ist erledigt. Es sind lustige Tiere, treu wie Hunde. Oder Du kannst die auch für 1–2 Monate mieten (gibst tatsächlich).«
(Denny 05 auf wer-weiss-was.de)

»Laufenten sind geil auf Schneckis.«
(sister auf forum.zooplus.de)

»angeblich sind Laufenten die Schneckenkiller…«
(KAIOLVERMANN auf www.wer-weiss-was.de)

»Wieviele Schnecken frisst eine Laufente in etwa pro Tag?«
(Bayernheidi auf www.gutefrage.net)

Kritisch betrachtet könnte man sagen, dass die Laufenten-Lösung zwar ökologisch vertretbar ist, da sie der Schneckenplage ohne jegliche Chemikalie Herr wird. Andererseits werden die Laufenten instrumentalisiert und zu Erfüllungsgehilfen beim Vernichten von Schnecken umfunktioniert. Denn eines ist sicher: Am Ende ist die Schnecke tot. Und so ist auch die Frage von Wuchtbrumme auf www.mein-schoener-garten.de nicht ganz unberechtigt: »Aber ob diese Laufenten mit den zu vertilgenden Schnecken wirklich so völlig gewaltfrei umgehen werden, wenn sie sie totbeißen (oder schlucken sie sie lebend?) würde mich ganz am Rande doch ein wenig interessieren. Ich kann verstehen, wenn jemand ›das schmutzige Geschäft‹ des Schneckentötens nicht selbst übernehmen mag und es lieber auf irgendeine Art und Weise delegiert. Aber ob es deshalb gleich gewaltfrei wird?«

Doch auch wenn wir moralische Fragen außer Acht lassen, ist der Einsatz von Laufenten offenbar nicht ganz unproblematisch, wie die nachfolgenden Debatten zeigen. Die idyllische Vorstellung von freundlichen Vögeln, die den ganzen Tag nichts tun als Schnecken essend und putzig quakend durch den Garten zu watscheln, ist oftmals trügerisch. Viele, die meinten, ihr Schneckenproblem gelöst zu haben, haben nun obendrein ein Laufentenproblem am Hals:

»Laufente läuft nicht mehr!! Was nun??«
(Bamberger auf www.vogelforen.de)

»Hilfe, Laufenten kommen nicht mehr aus dem Teich.
Hallo, wir habe ein Problem. Unsere Laufenten laufen nicht. Sie sitzen seit über einer Woche auf dem Teich und weigern sich rauszukommen.«
(Lina Krieg auf www.5785.forumromanum.com)

»Hallo, mein Laufentenmädchen ist seit 2 Tagen ganz komisch, sie läuft sehr schlecht, liegt nur rum. Habe schon eine Legenot vermutet, aber das ist es nicht. Mein Erpel steigt fast ununterbrochen auf ihr rum.«
(sabrinamaria auf www.huehner-info.de)

»Guten Morgen, gestern spielte mir der Fuchs eine schöne und recht zahme forellenfarbige Ente in die Hände. Reineke hat nämlich die zweite Ente einer Bekannten gestern in der Früh geholt. Da die Bekannte nun erst mal eine ›Entenpause‹ einlegen möchte, und die einzelne Ente nicht alleine bleiben sollte, hat sie mir diese geschenkt. Nun plärrt die Ente seit sie gestern aus dem Karton heraus zu meinen Beiden kam. Nur nachts war Ruhe, aber ab heute Morgen 5:30 Uhr: Quaack, quaack, quackquackwaaaack....
fast ohne Unterlass.«
(Rennpatscher auf www.5785.forumromanum.com)

»Hilfe, meine Laufi's legen wie verrückt.«
(Honeken auf www.vogelforen.de)

»Enten kacken vor die Tür – Hallo an alle, haben zwei Laufenten, die genug Auslauf und Platz rund um unseren Hof hätten. Allerdings kacken die beiden mit Vorliebe vor unsere Haustür. Gibt es eine unschädliche Möglichkeit das zu unterbinden – irgendwelche Hausmittel, die sie nicht mögen – können den Bereich auch nicht mit einem Zaun abtrennen…«
(Woif auf www.5785.forumromanum.com)

»Allerdings muss man diese Tiere schon sehr gerne haben, um die Verwüstungen, die sie hinterlassen zu akzeptieren. Schnecken fressen sie schon, aber die Pflanzen, die sie vor Schneckenfrass schützen sollten, sind vollständig plattgewatschelt.«
(jonny auf www.huehner-info.de)

»Bitte bitte bitte, keine Laufenten ausleihen! Ich leih mir auch keine Katze weil ich grad Mäuse hab…Laufenten sind absolute Gewohnheitstiere! Wenn nur im Garten etwas verändert wird, d.h. eine Kübelpflanze steht plötzlich da, wo sie gestern noch nicht stand, ist die Verunsicherung schon groß!«
(0401 auf forum.zooplus.de)

Best of kluge Forensprüche und lustige Signaturen

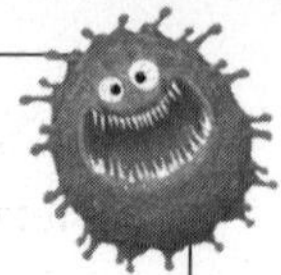

- Wer Schmetterlinge im Bauch haben will, muss sich Raupen in den Hintern stecken!
- Ich hasse Nacktschnecken. Ich liebe nackte Schnecken.
- Das Gras wächst nicht schneller, wenn man daran zieht. (afrikanisches Sprichwort)
- Dumme rennen, Kluge warten, Weise gehen in den Garten.
- Warum Zeit totschlagen, wenn es auch Schnecken gibt?
- Auch Vegetarier beißen nicht gerne ins Gras.
- Wer Schmetterlinge lachen hört, der kann auch Wolken riechen.
- Nicht alles, was nicht im Bestimmungsbuch steht, ist gleich Unkraut.
- Lebe Glücklich, Lebe Froh – wie ein Frosch im H2O.
- Vegetarier sind Leute, die meinem Essen das Essen wegessen.
- Fettflecken halten länger frisch, wenn man sie ab und zu mit Butter einreibt.

- Erst wenn die letzte Ölplattform versenkt und die letzte Tankstelle geschlossen ist, werdet Ihr merken, dass man bei Greenpeace nachts kein Bier kaufen kann.
- Wenn Schnecken verspeist werden, sind sie ganz aus dem Häuschen.

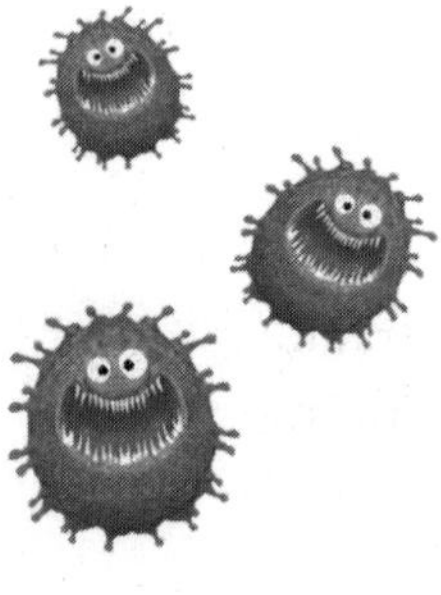

HAUPTSACHE MOBIL

Vom Salatöl im Tank bis zum perfekten Brautwagen:
Mein Auto und ich

Watt wärn wa ohne Wattwürmer bzw. ohne unser liebstes Kind, das Automobil. Den einen versetzt es von A nach B, den anderen schlicht in Verzückung. Manche wollen ihrer Traumfrau mit ordentlich PS unter der Haube schneller nahe kommen, andere fragen sich, ob Rapsöl von Aldi oder Sonnenblumenöl von Lidl der bessere Diesel-Ersatz ist. Doch egal, ob es um Fragen der Technik, der Optik oder um den perfekten Namen fürs eigene Auto geht: Alle Diskussionen haben eines gemein und belegen eindrucksvoll, was uns Autofahrer letzten Endes verbindet und im Herzen bewegt: die Liebe.

»Ich liebe mein Auto so sehr, dass ich keine Zeit für eine Frau habe. Wer versteht das?«
(?? Pope?? auf de.answers.yahoo.com)

»Es gibt quasi keine Frau die nicht davon träumt vom Prinzen im SL abgeholt zu werden. Alles andere ist Heuchelei vom Lande.«
(Gast auf www.elitepartner.de)

»Hallo Jungs – mit was für eine Auto kann man hier Frauen aufreisen?«
(MC Rodeo auf www.community.menshealth.de)

»Warum denken Männer, dass sie Frauen mit einem protzigen Auto beeindrucken können?«
(www.ifragen.com)

»Was macht ihr, wenn euch Männer hinterher hupen?«
(ka124 auf www.gutefrage.net)

Nicht nur Fragen rund um das magische Dreieck Frau-Auto-Mann werden offenherzig gestellt. Auch das Verkehrsrecht wird vielschichtig diskutiert:

»Ist Sex im Auto erlaubt?«
(Nighty auf www.123recht.net)

»Viagra und Autofahren – Erlaubt?«
(schlumpf23 auf www.verkehrsportal.de)

»Warum beschlagen Scheiben im Auto beim Sex????«
(Geronimohase auf www.gutefrage.net)

»Hilfe! Quietschalarm aufm Campingplatz – irgendwas quietscht im Fahrwerk von unserm Womo wenn wir Liebe machen. Hat jemand ne Idee, was das sein könnte (Stoßdämpfer sind neu, Radlager sind i. O.)?«
(brötchenolli auf www.bulliforum.com)

Auch bei der Wahl des richtigen Kraftstoffes wird viel gefachsimpelt und die perfekte Synthese aus Tiger im Tank und preisgünstigem Antriebsmittel gesucht. Eine Gruppe von Experten, die es zu einem beachtlichen Spezialwissen auf diesem Gebiet gebracht haben, sind die sogenannten PÖLer. Sie sind wahre Visionäre in Sachen Pflanzenöl (PÖL) als Dieselersatz und prüfen gewissenhaft sämtliche Vor- und Nachteile im Poelforum (www.poelforum.de) oder im Fahren-mit-Salatöl-Forum (www.fmso.de):

»Salatöl anstatt Diesel??! Um den abartigen Preisen an der Tankstelle zu entgehen, wollt ich mal probieren wie das is wenn man das gute Pflanzenöl vom Aldi tankt. Bevor ich das aber da reinschütte möchte ich mal nachören ob das schonmal jemand gemacht hat,und obs da Komplikationen geben kann. ich habe nen Ducki mit 2,8 l i. d. t. d Bj:98 hat mittlerweile 176 000 gelaufen und hat nen leicht modifizierten Motor. ohne Kat. Über Antworten würd ich mich freuen, vielen dank im vorraus mfg Daniel«
(Ducatofahrer auf www.wohnmobilforum.de)

Pernodian fragt auf www.busfreunde.de: »Darf man noch ALDI Öl fahren oder nicht???«, und will damit weniger in Erfahrung bringen, ob man als Autofahrer besagtem Discounter das Vertrauen schenken sollte. Es geht vielmehr um den steuerrechtlichen Hintergrund, wie die Antwort von Pholos schnell erkennen lässt: »Salatöl vom Discounter ist von der Energiesteuer frei. Erst wenn jemand es als Kraftstoff in den Tank kippt, wirds steuerpflichtig. § 22 EnergieStG. Da, in § 22 EnergieStG, steht dann auch in Abs. 2, dass derjenige, der Salatöl tankt, Steuerschuldner ist und unverzüglich eine Steuererklärung abgeben muss. Wer als Steuerpflichtiger die notwendigen Angaben nicht macht und Erklärungen nicht abgibt, macht sich strafbar. Das steht nun wieder in §§ 369 ff der Abgabenordnung (AO) [www.gesetze-im-internet.de] Man sollte seinen Aldi-Lidl- Netto-Plus-Zettel nach jedem Tanken zum FA zu schicken. Auch wenn's nur 3 l waren. Die werden wahnsinnig.«

Die Pölerei scheint den Erfindungsgeist der deutschen Automobilisten heraufzubeschwören. So fragt sich beispielsweise Fritz 2595 auf www.autoplenum.de: »Kann man Salatöl mit Diesel mischen?«, und hat dabei weniger ein neues Dressing für den Kopfsalat im Hinterkopf. Für den Pöler geht es vielmehr um den Praxistest und die Frage, ob es ggf. schädlich für den Motor ist, wenn man einen noch zum Teil mit Salatöl gefüllten Tank mit Dieselkraftstoff befüllt. In den entsprechenden Antworten erfährt man, dass sich das Mischen von Pöl und Diesel in Fachkreisen »Piesel« nennt und diese Praxis insbesondere im Winter bei Fahrzeugen mit Wirbelkammer-Diesel empfehlenswert ist. Schließlich geht's im Tank zu wie auf einer Grillparty im Winter: Bei Minusgraden wird das Salatöl dickflüssig und schmeckt dann weder Mensch noch Motor.

Und auch andere Pöl-Fragen erinnern stark an Küchenthemen:

»Berlingo ruckelt und stinkt nach Friteuse!«
(Daniel auf www.berlingo.org)

»PÖLer stinken nicht, die riechen nach Pommes, Dieselabgas stinkt!!!« (Peter 250 TD auf www.mb124.de)

»Hallo Forum, durch die ganze Pölerrei ist mein Hof mit Verbundsteinpflaster nicht gerade schöner geworden. Jemand ne Ahnung wie man die Pölflecken wieder wegbekommt?« (Torsten Schneider auf www.fmpo.de)

Bei Geruchsproblemen hilft der Tipp von Trekki_69 auf www.bmw-syndikat.de: »Lasst den Wagen nach Pommes stinken. [Da] mach ich mit der Pommesbude meines Vertrauens einen Werbevertrag und fahre Mittags durch die Stadt«. Andere Probleme lassen sich nicht so einfach lösen, und mitunter ist großer Erfindungsreichtum gefragt, wie die Diskussion auf www.t4forum.de beweist:

Pöl tanken aus Gebinde

Frage von **AAT81 (Aufstelldachselbsteinbauer)**
Wie tankt ihr euer Pöl aus den Discounter Gebinden? Egal ob 1 liter oder 10 liter oder was auch immer. Hab am Wochenende die ersten 45l Pöl in meinen aab gekippt und dieses 1l flaschen-gekippe ist ja echt mist. Und vor allem dann noch das blöde, dass da immer so 50ml drin bleibt und mann das Zeug ja dann erst wieder sammeln muss und dann nochmal ne ganze Pulle reinkippt. Wie sind eure Ideen?

↳ Antwort von **Leigh (»Donnergott«)**

Ich fahre anne Zapfsäule. Weil der Spaß aus dem Aldi is Illegal....

↳ Antwort von **Michamatik (inaktiv)**

Ich hab mir mit meinem ersten Karton 1l-Flaschen gleich ne neue Gießkanne gekauft, da kipp ich die Flaschen rein, mach sie wieder zu und stell sie kopfüber in den Karton zurück. Wenn ich einmal durch bin, fang ich vorne wieder an, die Reste auch noch zu entleeren. Das Einstechen der Flaschen zwecks zügigerer Entleerung spare ich mir übrigens, da die Flaschen meist so nachgiebig sind, daß sie schon halbleer sind, bevor man durchstechen kann. Und da auf unserem Garagenkomplex auch Wertstoff-Container stehen, sind die Leichen auch ruckzuck entsorgt.

↳ Antwort von **T4Alex (Routinier)**

Ein-Liter-Flasche mit Hilfe eines Trichters in den Tank kippen, danach kopfüber in einen 5-L Kanister stecken und austropfen lassen. Während dessen die nächste Flasche in den Tank, danach mit der bereits ausgetropften Flasche vom Kanister austauschen, und die ausgetropfte Flasche platzsparend zusammendrücken, wiederverschließen und ab in den Sack.

↳ Antwort von **Skipper (Routinier)**

Hallo T4-Pöler

Erstmal möchte ich sagen, daß ich Flaschentanken hochgradig IGITT finde. Wegen der Müllgeschichte mit den leeren 1 Literflaschen, obwohl bei sachgerechter Entsorgung noch ein hübscher Fleecepullover draus werden kann, auch

weil Aldi-, Lidl-, Metro und sontiges Supermarktpöl erst zu Kraftstoff umgewidmet und versteuert werden muß, und weil 80 l aus 1 l Pullen ein Zeitaufwand von mehr als einer halben Stunde ist. Wer es jedoch illegal möchte, soll es tun. Oder aber als Notlösung mangels Alternative. Aus den Anfängen und für unterwegs, besonders für die 5l Flaschen aus dem spanische Lidl, habe ich mir einen Adapter, Tankrohrverlängerung oder wie immer man es nennen will, aus grauem PVC Abwasserrohr gebastelt.
Jeder, der genug Platz in einer Garage oder sonstwo hat, sollte sich einen IBC mit Pumpe anschaffen. Da kann man auch mit mehreren eine Tankgemeinschaft gründen und eine Garage mieten. Ab 1000 l kann man sich schon was liefern lassen. Bei steigenden Preisen ist bunkern besonders lohnenswert. Im IBC habe ich gleich meine fahrfertige Mischung mit 3 % Biodiesel, damit Bakterien und Pilze keine Chance haben und 3 % Diesel, um die Viskosität zu senken und die Verbrennung im Motor zu verbessern. Einkaufsquittung mit ausgewiesener Kraftstoffsteuer habe ich im Ordner abgeheftet, um neidischen und denunzierenden Mitmenschen den Wind aus den Segeln zu nehmen. Mein maximales Bunkervolumen ist über 2000 l, ein IBC, 20 x 30l und diverse andere Kanister, sowie ein blaues 200l Faß. Im IBC sind meine »Reste« vom Novenber zu 0,87 € und in den Kanistern 3 Wochen alter Nachschlag zu 1,05 €. Das Faß ist leider schon leer. Eine bessere Verzinsung bekomme ich bei keiner Bank. Alles legal und bequem.
saludos, skipper (3 Jahre und 85.000 km ohne Probleme mit Pöl. Amortisation z. Z. ca. 2.500 €, Tendenz steigend. Vermiedenes CO2, keine Ahnung, aber bestimmt viel).

Natürlich gibt es unzählige Beiträge zu technischen Problemen à la: »Lambdasonde defekt? LMM defekt? Woran erkenn ich das?« (Stromberg auf www.a3-freunde.de), oder: »Tankentlüftungsventil Schuld an schlechtem Startverhalten?« (VR-Limo auf www.passat35i.de), oder auch:

»Störgeräusch in Anlage wegen Drosselklappe?«
(ag-hetzer auf www.hifi-forum.de)

Nicht immer entspricht dabei die Wortwahl dem technischen Spezialisierungsgrad, und so manche Beschreibung kommt eher plastisch daher:

»C16se – Lambdasondengewinde in Krümmer im Arsch – und jetzt?«
(kyromoto auf www.opel-problemforum.de)

»Frage: ich will en richtigen bums in mein auto...was soll ich tun????????«
(Denis auf www.tuningsuche.de)

»Mein Volvo zieht nicht die Wurst vom Teller.«
(Paulsfahrer auf www.motor-talk.de)

»Hilfe meine Karre säuft ab!«
(PhenomenonStone auf www.lupotreff.de)

»Der Motor zieht bis 60 echt gut aber dann kackt er ab.«
(316limo auf www.motor-talk.de)

Der VW-Busfahrer Campman fragt sich auf www.bulli-forum.com: »Muss der Abgasrohrflansch nun dicht sein?«, und beschreibt sein Problem weiter mit »bei 115–120 is ende, Beschleunigung wie eine Wanderdüne«. Und wo fast jeder unabhängig davon, ob man nun weiß, was ein Abgasrohrflansch ist oder nicht, empfehlen würde, zunächst erst mal alles abzudichten, geht luckypunk das Thema analytisch an: »Laut Tacho? Das ist dann reell ja 110–115... das ist echt nicht viel, und dann noch mäßige Beschleunigung? Ist aber mehr als Saugdiesel. Von daher denke ich, dass der Turbo nicht ganz platt sein kann. Wie ist das mit dem Ladedruck, baut er etwas auf und bricht dann ab? Dann könnte es auch ein defektes Blow-Off-Ventil sein, das einfach zu früh abbläst. Somit kommst Du nie auf volle Leistung, auch nicht beim Beschleunigen, da Du beim zügigen Beschleunigen mit nem Syncro sicherlich den JX ganz schön treten musst um auf eine vernünftige Beschleunigung zu kommen.«

Was bleibt, ist die Erkenntnis, dass neben der Vielzahl an Fragen zum Thema schneller/lauter/tiefer/breiter Autos letzten Endes auch nur Menschen sind, die ihre ganz eigenen Gefühle und Bedürfnisse haben:

»Hilfe, mein Auto hat ständig schlechte Laune!!«
(picaro auf www.mysnip.de)

»Hilfe, mein MINI kriegt Pickel!«
(speedreak.ch auf www.mini2.info)

»Hilfe, mein Auto spinnt!«
(El Diabolo auf www.mini-forum.de)

»Mein Auto hat seine Tage…«
(laurelin auf www.motortalk.de)

»Hilfe, mein Auspuff hat mich verlassen!«
(petersen 1987 auf www.motortalk.de)

»Hilfe mein Fiesta hat zu großen Durst!«
(cheko auf www.tuning-fans.de)

»Mein Auto verarscht mich!!!!!«
(Marekd 87 auf www.golf4.de)

»Hilfe, meine Knutschkugel wummert!«
(Bibiblocksberg 12 auf www.forum.gofeminin.de)

»Hilfe, mein Auto röhrt wie ein brünftiger Elch…«
(ZottelZombie auf www.schwarzes-buchholz.de)

Wenn es um das Zusammenleben von Auto und Fahrer geht, stellt sich bald heraus: Liebe ist keine Einbahnstraße, und Gefühle sollten offen angesprochen werden – von beiden Seiten! Wer sein Auto liebt, der gibt. Und zwar einen Namen. Dass dieser Akt nicht unbedingt einfach ist, wird durch die Vielzahl der Wortmeldungen auf de.answers.yahoo.com eindrucksvoll belegt:

Hilfe, ich weiß nicht, wie ich mein Auto nennen soll!?

Frage von **Shini**

Also ich habe seit einer Woche mein erstes Auto gekauft, einen schwarzen Opel Corsa B. Ich liebe das Auto jetzt schon, ich würde Ihr gerne einen Namen geben, aber mir fällt leider keiner ein. Vielleicht könnt ihr mir helfen.

↳ Antwort von **Manfredo**

Rambo der erste...

↳ Antwort von **Dana**

Die Hersteller haben ihn bereits getauft (Opel Corsa B) ich nenn dich doch auch nicht einfach Fuzzy.

↳ Antwort von **Ischdem**

– flitzer – oder flitzi –

↳ Antwort von **Schwyzze**...

»Jetzt-spring-endlich-an-du- S. c. h. e. i. s. s. kiste« wie wäre es mit einfach mr.car oder mrs. car
lg sabrina

↳ Antwort von **Litton Z**

wie wär's mit »Quasi«? Ein Corsa ist ja quasi ein Auto ;-)

↳ Antwort von **Kalinka1...**

Du willst IHR einen Namen geben? Dann geht doch »meine Schöne«, »meine Hübsche« oder sowas in der Art.

↳ Antwort von **Carola F**

corsa wie corsika nenn es einfach Napolion klein aber strategisch gut und dreist was will man mehr von einem Auto.

↳ Antwort von **Sabine T**

wie wärs mit shanti...passt zu deinem namen
ps.ich woltte meine tochter so nennen...;))

↳ Antwort von **Aeneas**

Einen Namen fuer Dein Auto? Was es nicht alles gibt! –
Wie waer's einfach mit »AUTO?«

↳ Antwort von **Citywolf**

Wie wärs mit »Carlchen«?

↳ Antwort von **Bruja S.**

Ich würde es Charly nennen.

↳ Antwort von **King Dong**

Donnerprügel scheint mir angemessen!
Das klingt doch super!

↳ Antwort von **Kinder_R...**

Fahr ihn erst mal 3 Monate und dann nenne ihn »Schrotti«.

↳ Antwort von **Singing2...**
Mein erstes Auto hiess Huuups, mein jetziges heisst Vandal.

↳ Antwort **von Joel**
Amazone

↳ Antwort von **G. P.**
Wie währe es mit Schwarzer Raser ober Black Jaguar oder so etwas oder einfach Auto so wie alle anderen auch. Meines heißt Celica weil so das Modell heißt.

↳ Antwort von **Juhuhh20...**
Süßer

↳ Antwort von **Peter S**
»Sausewind«

↳ Antwort von **Lotte85**
ein männlicher name sollte es sein... find ich zumindest.

↳ Antwort von **Agitator...**
meines heisst schlicht schatzi. nenn deines doch einfach hasi, bärli, mausi, schnucki ;)
(schatzi ist vergeben, tut leid :))

↳ Antwort von **K L**
Moggerle, so hieß damals unser R4. Mein jetziger heiß schlicht und Einfach Paul. Und Paul ist ein Audi.

↪ Antwort von **Konrad S**
Mein BMW heisst Hugo.
Quatsch, ich würde nie auf die Idee kommen, meinem Auto einen Namen zu geben. Die Kiste bringt mich von A nach B und ab und zu prügel ich das Ding mal über den Highway aber das war's.

↪ Antwort von **Mausi.Be...**
kleiner geiler Flitzer xD

↪ Antwort von **Zack da bin ich!!!!!Die Erste!!!**
Herkules oder Ivan!! Wotan!!! Es geht auch Heribert oder Fridolin!! So wie es dit gefällt!!!! Meiner Fiesta hieß Fridwart!!!

↪ Antwort von **Vitale**
benzi schlürfi.

↪ Antwort von **Hansjörg W**
Das ist eigentlich ganz einfach. Warte mal ab, bis er das Erstemal stehen bleibt, dann fallen Dir ganz bestimmt einige Namen ein.!!!
P.S. ich würde ihm / nicht ihr / gerne einen Namen geben.
Detsch Sprak – schwerer Spracke

↪ Antwort von **Tinchen**
Mein erstes Auto,habe ich schlicht und einfach »mein Baby« genannt.beim zweiten und dritten habe ich ihm jedoch keinen Namen mehr gegeben, aber das erste auto is natürlich was ganz besonderes! Viel Spaß!

↳ Antwort von **Asentreu...**
Ich würde sagen, stimme den Namen Deines Wagens einfach auf dem Namen Deiner Waschmaschine ab, das verstärkt die Familienbande. Und wenn Du dann noch Kühlschrank, Schreibtisch und Föhn berücksichtigst, steht dem Weltfrieden nichts mehr im Wege...

Diese Diskussion demonstriert: Nicht nur für Männer sind Autos echte Babys. Und als Frau beschäftigt man sich nicht nur mit der Namensgebung, sondern auch mit technischen und optischen Aspekten der Mobilität:

»Hallo Mitbräute, wir werden als Brautauto einen Oldtimer-Cabrio haben. Wer von Euch wird noch ›offen‹ unterwegs sein? Ich mache mir ein wenig Gedanken, ob meine Frisur die 30-minütige Fahrt von der Kirche zur Location unbeschadet übersteht! Was denkt Ihr? Will nicht aussehen wie Bridget Jones... Lieben Gruß, Livetta«
(Livetta auf www.weddix.de)

»Schlimm ist es, wenn man im Sommer ohne Kopftuch Cabrio fährt: Fettiges Haar wie Sau.«
(Jazzi auf www.ioff.de)

»Wie mit Minirock aus Auto steigen?«
(Padderborn 84 auf www.wer-weiss-was.de)

»Hallo zusammen, nun werde ich in zwei Monaten heiraten – Brautkleid ist schon ausgesucht und der Ablauf

geplant. Nun stellt sich mir die Frage, wie ich mit meinem Kleid am elegantesten in unser Auto hinein und auch wieder hinaus komme. Zwar habe ich keines dieser ausladenden Brautkleider mit Reifrock, aber ein wunderschönes, langes, leicht fließendes Kleid, das ich ebenfalls beim ein- bzw. aussteigen raffen muß. Beim Einsteigen sollte ich natürlich eine gute Methode haben, um mich so ziemlich gleich in der richtigen Position auf den Autositz zu setzen und beim Aussteigen muß ich schon eine gute Figur machen und ordentlich und ohne große Mühe wieder hinauskommen. Das werden schon einige Leute sehen und da will ich mich nicht blamieren. [...] Schon mal Danke im Voraus. LG leckermäulchen36«
(leckermäulchen 36 auf www.chefkoch.de)

Es ist offensichtlich, dass Frauen beim Autofahren andere Themen umtreiben als Männer. Wenn es um die Optik geht, ist die eigene meist wichtiger als die des Wagens, und bei Bequemlichkeit und Komfort wird weniger an Extras wie Sitzheizung oder Getränkehalter gedacht. Das zeigt unter anderem der Eintrag von Annü auf www.tussi-forum.de: »Fahrt ihr mit Absatzschuhen Auto???«, welcher ein sehr breit diskutiertes Thema anspricht, zu dem beispielsweise die folgenden Tipps gepostet werden:

»Hey Mädels, das Auto fahren mit Absätzen ist für mich kein Problem. Bei Kurzstrecken fahr ich immer mit meinen Highs. Allerdings habe ich für weite Strecken immer noch Sneakers im Kofferraum. Das ist dann doch bequemer.«
(Schnüff auf www.tussi-forum.de)

»Vielleicht sollte ich genau das machen....wenn ich nicht richtig drin laufen kann, wenigstens fahren.«
(User 78066 auf www.planet-liebe.de)

»[...] Im Moment fahre ich ein Auto mit Automatikgetriebe. Da braucht man die Füße nicht so. Da hab ich jetzt gar keine Probleme. Egal mit welchen Schuhen ich bisher gefahren bin.«
(trüffelsucher auf www.talkteria.de)

»hi tusneldas :-) also ich trag ja immer Absätze, zum Autofahren zieh ich die nicht aus, egal wie hoch.«
(Claudia auf www.tussi-forum.de)

»Nicht mehr... Also früher war ich da ziemlich fahrlässig, ich setzt mich mit hohen Absätzen, Flip-Flops und Slingsandalen mit runtergetretenen Fersenriemchen etc. ans Steuer. Ein Schreck erlitt ich mal, als ich mit ziemlich hohen Slingpumps gefahren bin, weil mir die Füsse schmerzten, liess ich die Riemchen am Fersen unten, bei einen brüsken Bremsmanöver rutschte ich dann prombt aus dem Schuh, bzw. ab dem Pedal. Wie ein Wunder knallte ich nicht in den vorderen Wagen. Seit daher trage ich nur noch ›fahrtaugliche‹ Schuhe. Wenn sein muss wechsle ich halt zum Fahren die Schuhe. Aber ich kann nur allen Frauen raten, seit High-Heels, Flip-Flops etc. vorsichtig! Es kann böse enden!«
(sybille251 auf forum.gofeminin.de)

»Ich hab ein paar billige Ballerinas im Auto die ich anziehe wenn die teuren Pumps nicht beschädigt werden sollen. Es fährt sich auch besser ohne High heels…«
(Blitz2611 auf www.gutefrage.net)

Unabhängig von der Frage, ob man mit Stilettos, High Heels, Flipflops oder barfuss überhaupt Autofahren kann bzw. darf, bringt das Thema Fragen mit sich, die für den einen oder anderen männlichen Leser bewusstseinserweiternd von der Damenwelt ausführlich und in aller Länge diskutiert werden:

»An alle Frauen: Wie schützt Ihr Eure Schuhe beim Autofahren, damit nicht die häßlichen Abriebstellen an der Fersenkappe über dem Absatz entstehen?«
(Januargirl auf www.gutefrage.net)

»Hallo zusammen, ich habe (wie viele andere sicher auch) das Problem, dass meine Schuhe mit hohem Absatz beim Autofahren nach einiger Zeit hinten am Absatz völlig abnutzen und einfach nur schrecklich aussehen. Besonders betroffen ist der ›Gasfuss‹. Da ich Automatik fahre, ist der linke Fuss mal außen vor. Ich möchte natürlich ungern ständig die Schuhe wechseln (außerdem sehen ›Hausschlappen‹ dämlich aus wenn der Rest des Outfits nicht aus Jogginghose und T-Shirt besteht) und frage euch deshalb mal wie ihr das handhabt. Die einzige Idee, die ich bisher hatte (aber noch nicht ausprobiert habe) wäre eine Socke über den Absatz zu ziehen. Wobei das auch gewöhnungsbedürftig aussehen dürfte so ein schmaler High Heel Absatz

mit Söckchen. Also ihr lieben Autofahrerinnen – wie macht ihr das? Habt ihr einen Geheimtipp?«
(Cnedra auf www.beautyjunkies.de)

»Ich hab Autoschuhe. Meine Absätze sind mir zu schade dafür. Stiefel wechsel ich auch vorm Fahren. Durch die Bewegung beim Gasgeben kriegen die nämlich ziemlich unschöne Falten, gerade wenn man wie ich gerne mal 1000 km an einem Tag runter schrubbt. Also entweder Tempomat oder wechseln.«
(nachtbiene auf www.beautyjunkies.de)

»Ich kaufe mir alle drei Monate ein neues paar Schuhe.«
(Pizzamann333 auf www.gutefrage.net)

»Hi, ich habe mir aus England schöne faltbare Ballerinas mitgebracht. Passen gut in die Handtasche und kann ich bei Bedarf anziehen.«
(cherykatie auf forum.gofeminin.de)

Noch mehr Kenntnis über die weibliche Seele erlangt, wer der interessanten Frage nachgeht, was Frauen so am Innenspiegel ihres Autos hängen haben. Schauen wir uns hierzu folgenden gekürzten Thread auf www.urbia.de an:

Spiegeldeko

Frage von **...melle...**

Guten Morgen...

mich würde mal interessieren was ihr am Innenspiegel eures Autos hängen habt...ich suche was neues. also bei mir hängt zur Zeit ein alter billig Duftbaum, der nach nichts mehr riecht, dann ein Duftbäumchen von Ed Hardy und ein paar Schühchen vom Sohnemann...jetzt seit ihr dran.

Grüssle Melle

↳ Antwort von **darkmoon66**

Hi

ein Ed Hardy Duftbaum der nicht mehr richt und

ein Vanille Duftbaum.

Lg

↳ Antwort von **danymaus70**

HI,

ich habe die ersten Schuhe meines Sohnes hängen bzw. einen davon.

LG Dany

↳ Antwort von **Isa-1977**

Ich habe einen C'mon am Spiegel hängen. Das sind diese Figuren aus der Opel Corsa-Werbung.

↳ Antwort von **Claudia_71**

Guten Morgen!

Nichts (mehr)! Stört meinen Mann beim Fahren. Früher hatte ich auch einen Duftbaum und ein kleines Bärle dranhängen.

LG Claudia

↳ Antwort von **le_sheep**

Hi,

bei uns liegen die Sonnenbrillen auf den Spiegeln.

↳ Antwort von **moonlight83**

Nichts! Ich finde das voll blöd, und werd's auch nicht machen...

↳ Antwort von **pinky82**

Hi

Ein Teddybär, Ketten, Sonnenbrille und das Navi-Kabel.

↳ Beitrag von **ls1311**

Bei mir hängt ein Snoopy mit Sonnenbrille und Badehose, der hat mal geduftet, jetzt ist er nur noch Deko.

Lg, LS

↳ Antwort von **buzzfuzz**

Hallo, nichts,da ich öfter die Spiegel dann unten liegen hatte. Dafür ist das was am Spiegel hin, nun an der Sonnenblende. Und hinten an der heckscheibe. Diana

↳ Antwort von **saraki**

wir haben nichts dran hängen... mein mann findet das

schrecklich… früher hatte ich immer ein kreuz dran, oder ein schutzengelchen
duftbaum am spiegel find ich ganz hässlich… vor allem diese billigen bunten dinger wo man die plastik tüte noch dran hängen hat … ich hab die immer in den aschenbecher (den wir nicht benutzen) getan… da sieht man sie nicht und man hat den geruch nicht direkt am kopf…
lg saraki

↪ Antwort von **animagus69**
Guten Morgen,
ich habe einen DFB-Wimpel meiner Lieblingsfußballmanschaft und einen kleinen Schutzengel am Spiegel.
lg

↪ Antwort von **fensterputzer**
Meine Sonnenbrille und meinen heißgeliebten Wackelelvis.

↪ Antwort von **kleiner.besen**
Bei uns hängt in jedem Auto ein kleiner Rosenkranz, den meine Mama auf einer Wallfahrt weihen lassen hat. Das soll uns beim Autofahren beschützen.
LG Steffi

↪ Antwort von **xandria**
Weißt du was? Ich weiß es nicht! Ich bin in den letzten 3 Monaten 10 000 km mit diesem Auto gefahren, aber ich müsste lügen, wenn ich Dir jetzt sage, was da dran hängt. Im 1. Moment dachte ich, da hängt nichts. Und dann hab

ich überlegt und mich gefragt, wo die 2 Schafe und die Ente, die im alten Auto am Spiegel hingen, abgeblieben sind. Ich weiß es nicht Dabei hab ich die Autos aus- bzw. eingeräumt. Aber früher, nachm Abi, hatte ich mal eine Hawaiikette drinhängen, weil unser Abimotto Abikini war.
Liebe und über mich selbst erschrockene Grüße,
Kathrin

↪ Antwort von **17876**
Hallo,
gar nichts, wozu auch.
Liebe Grüße

↪ Antwort von **kloos**
Nix. (…) Das einzige in meinem Auto, sind die Kindersitze und ein paar Einkaufstüten im Kofferraum.

↪ Antwort von **-neugierig-**
Hallo,
bei mir klemmt ein kleiner Teddy dran, haben mir meine Eltern damals als Glücksbringer für mein erstes Auto geschenkt. Das ist nun schon über 21 Jahre her und er verliert manchmal einen Arm, aber ich mag mich nicht von ihm trennen.
LG

↪ Antwort von **xunikatx**
Eine Mini-Rund-Ikone (wie ein Talisman) des heiligen Christophorus (Beschuetzer der Fahrer/Reisender) im Audi und ein Kreuz im Corsa. Hey wir sind Griechen, wir kommen da nicht drum.

↪ Antwort von **bettibox**

Bei uns hängt gar nichts, ich hasse Duftbäume.
Find die voll eklig.

↪ Antwort von **evchen81**

Evchen das Schäfchen hat natürlich ein Schäfchen dort hängen.
LG evchen

↪ Antwort von **glu**

An den Außenspiegeln hin und wieder eine Spinne samt Netz und am Innenspiegel nichts!
lg glu

↪ Antwort von **ayshe**

ja, geil die spiegelspinnen
und dann verstcken sie sich schnelle dahinter,
wenn sie merken, daß es auf der AB zu schnell geht.

↪ Antwort von **candy84**

Hallo!
Bei uns hängt da ein kleines Plüschferkel welches früher auch mal geduftet hat(nein nicht nach Schinken).
LG Candy

↪ Antwort von **gunillina**

Nichts hängt da.
Probiers mal aus, ist toll.

↪ Antwort von **rebecca2906**

Hallo!

Bei mir hängt da eine kleine Discokugel… Das funkelt immer so schön, wenn die Sonne drauf scheint!

Gruß

Rebecca

↪ Antwort von **moulfrau**

Hallo Melle,

ich habe einen Holzlöwen mit »Schlumpel Beinen« an einer »Metall-Feder« dran hängen.

Hatte letztes Jahr der Kik und auch Netto, als Deko für die Wohnung.

Habe noch einen und Pinguin und Esel an der Wohnzimmerlampe hängen.

Gruß Claudia

↪ Antwort von **thea21**

N Schlüppi, zum wechseln, wenn ich zu sehr ins schwitzen komm.

Best of kluge Forensprüche und lustige Signaturen

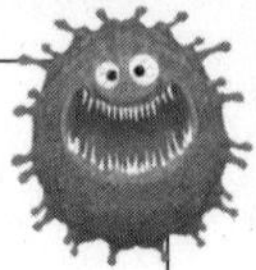

- The speed was okay, but the corner was too tight!!!
- Bellende Autofahrer beißen nicht.
- Wenn ein Mann einer Frau die Tür aufhält, ist entweder die Frau oder das Auto neu!
- Lieber Golf spielen als Golf fahren!
- Wer die Straße liebt, stellt nichts Hässliches drauf.
- Wer misst, misst Mist.
- Life ist too short to drive slow!
- Hörst du im Auto mal ein Knacken, musst du dir nen Schrauber packen.
- Der Hubraum eines Autos sollte nie den des Gehirns des Fahrers übersteigen.
- Mit Autos und Frauen ist es immer das Gleiche: Man pflegt sie, schont sie, kauft alle Extras, und wenn sie dann vollkommen sind, bumst ein anderer in sie rein.
- E10? Nein danke, mein Auto ist doch kein Vegetarier.
- Gott schütze uns vor Sturm und Wind und Autos, die aus Japan sind.
- Wozu rasen? 240 km/h genügen.

FAMILIE KANN MAN SICH NICHT AUSSUCHEN

Von schnarchenden Schwiegermüttern bis zu rockenden Omas: Meine Familie und ich

Papa liebt Mama, und Mama liebt Papa. Idealerweise lieben die beiden ansonsten niemanden außer natürlich den eigenen Kindern, die immer schön brav und gut gekämmt dahertraben. So schön kann die kleine Familienidylle aussehen. Doch was passiert, wenn Workaholic-Daddys auf Helicopter-Mommys treffen, wenn Schminke, Piercings und Heavy Metal die Idylle bedrohen oder die Schwiegermutter meint, das Ruder in die Hand nehmen zu müssen? Der Begriff »Familie« leitet sich vom lateinischen »famulus« (Haussklave) ab, was im alten Rom nicht etwa die Verwandtschafts-, sondern vielmehr die Machtverhältnisse der häuslichen Gemeinschaft beschrieb. Das war damals häufig einfacher als heute, denn in der modernen, aufgeklärten und durchemanzipierten Familie stellt sich so manche Frage: Sind unsere Kinder die heimlichen Chefs? Hat Mama noch die Hosen an, oder ist sie nur noch Arbeitssklavin und Chauffeurin der lieben Kleinen? Was tun, wenn Papa schnarcht, Mama partout kein

Pferd kaufen will und die liebe Oma Disco tanzt? Das Familienleben von heute hat so seine Tücken, und so mancher fragt sich, was normal, was modern und was überhaupt noch erlaubt ist.

»Was mach ich bloß, mein Göttergatte schnarcht wie ein Rübenschwein???«
(gegnhang auf www.gutefrage.net)

»Darf meine Mutter einfach so heimlich meine SMS und Nachrichten lesen?«
(Magali auf de.answers.yahoo.com)

»Darf ein 4 Monate altes Baby fernsehen???«
(Lena081085 auf www.gutefrage.net)

»Darf man als Cousin seine Cousine heiraten bzw. Sex haben?«
(next 2009 auf www.gutefrage.net)

»Kann mein Opa (65) noch Skateboard fahren lernen?«
(AlfredBergmann auf www.gutefrage.net)

»Hilfe – meine Mutter knutscht mit meinem Freund!!!«
(dunja75 auf forum.gofeminin.de)

»Mein Bruder ist elf Jahre alt und isst immer noch seine Popel, wie kann man ihm das abgewöhnen!!?«
(Memo 988 auf www.gutefrage.net)

»Wo fängt Erziehung an, kann es sein, dass er mich schon verarscht?? Hallo ihr Lieben, mein Kleiner, gestern 4 Monate, verarscht mich glaube ich.«
(mone2801 auf www.netmoms.de)

»Dürfen eure Kinder scheiße sagen?«
(trine 041 auf forum.gofeminin.de)

»Findet ihr es normal oder seltsam wenn Eltern erwachsene Kinder küssen?«
(Cruella auf www.gutefrage.net)

»Hilfe meine Oma will ein Macbook!«
(ShadowAlien auf www.hardwareluxx.de)

»Würdet ihr eurem Kind fleisch zubereiten wenn ihr Vegetarier seid?«
(lonelyskylight auf forum.gofeminin.de)

»Dürfen eure Kinder abends Nutella und Co?«
(Kuddelmuddel2011 auf www.rund-ums-baby.de)

»Hilfe meine Mum will mein Bruder Valerius nennen!«
(Lyllian auf www.baby-vornamen.de)

»Ab wann klärt ihr eure Kinder auf, dass es den Weihnachtsmann eigentlich gar nicht gibt?«
(aisha72 auf www.de.toluna.com)

»Ich habe ein Baby, 3 1/2 Monate, schön wie ein Porzellan-Püppchen – bildschön! Und sie furzt (pupst) unglaublich. Woran liegt das nur? Es geht ihr nicht schlecht dabei – sie hat keine Koliken, ich stille noch voll und passe auf, nichts blähendes zu essen – aber sie pupst enorm oft und enorm … intensiv.«
(wort75 auf www.urbia.de)

»Hilfe! Suche Weihnachtsessen für Oma (gut kaubar und vorzubereiten :o)«
(Kölle-Jessi auf www.chefkoch.de)

»Hilfe meine Mutter will mein Pferd verkaufen!!!«
(xxxansiiiiixxx auf www.gutefrage.net)

»Die rosa Hölle – Hilfe meine Tochter will einen Prinzessinengeburtstag!«
(frl. störtebeker auf www.mamacommunity.de)

»Zweisamkeit beim Toilettengang – igitt oder okay?«
(Chris Stoffel auf www.rund-ums-baby.de)

»Essen alle Kinder POPEL? Hallo, kann sein, dass jetzt hier einigen der Appetit vergeht, aber ich hab mal eine Frage an diejenigen die Kinder haben, denn ich hab keine. Mein Neffe isst ständig seine Popel und ich find's einfach nur widerlich.«
(Nanni 61 auf www.weightwatchers.de)

Die Einträge zeigen, dass die Interessenslage der einzelnen Familienmitglieder manchmal sehr gegensätzlich ist, und oft fragen sich die Eltern, ab wann was erlaubt ist. Die meisten wünschen sich brave und schlaue Kinder, die perfekt in ihre Welt hineinwachsen und im Alltag möglichst wenig Ärger machen. Die Kids hingegen interessieren sich für laute Musik, Handys und Intimpiercings. Wer die Worte »Ab wieviel Jahren« in die Suchmaschinen eintippt, erhält eine Vielzahl von Antworten auf Fragen, die einem vermutlich niemals in den Sinn gekommen wären:

»Ab wie viel Jahren kann man in Holland Marihuana kaufen?«
(RAYLIGHT auf www.cosmiq.de)

»Ab wieviel Jahren darf man sich selbst ein Pferd kaufen???«
(Cosy auf www.tierforum.de)

»Ab wie viel Jahren darf man sich die Haare färben?«
(cypresshill94 auf www.gutefrage.net)

»Ab wieviel Jahren muss man die Pille selbst bezahlen?«
(_chayenne_ auf www.chefkoch.de)

»Ab wieviel Jahren sollten muslimische Kinder fasten??????«
(rayhana1986 auf www.maroczone.de)

»Ab wieviel Jahren darf man sich ein Tatoo stechen lassen?«
(Addicted to FASHION auf de.answers.yahoo.com)

»Ab wievielen Jahren ist Beine rasieren ok?«
(lilalola13 auf forum.gofeminin.de)

»Ab wieviel Jahren darf man laut Gesetz Sex haben?«
(flipbrothers auf www.gutefrage.net)

»Ab wie vielen Jahren darf man eigentlich ins Altenheim?«
(regeferwhz auf de.answers.yahoo.com)

Auch Potty 3012 ist sich in Sachen Altersbegrenzung unsicher und möchte auf www.gutefrage.net wissen: »Ab wievielen jahren is oral sex ok?« Wie bei so vielen anderen Fragen steht auch hier die Netzgemeinde hilfreich zur Seite:

»Ab 80, da haben die meisten keine zähne mehr.«
(Pinsel11 auf www.gutefragc.net)

»21 Jahre, vorher ist das Zeugs giftig.«
(Questlove auf www.gutefrage.net)

»Wenn man's richtig schreiben kann.«
(Musicfreak123 auf www.gutefrage.net)

Doch nicht nur beim Sex selbst bzw. dem richtigen Alter, um damit zu beginnen, spielt das Timing eine wichtige Rolle. Die Frage nach dem richtigen Zeitpunkt stellt sich meist schon viel früher, nämlich beim »Über-Sex-Sprechen«, was gern und oftmals zu Unrecht als »Aufklärung« bezeichnet wird:

»Wann klärt ihr eure Kinder auf?«
(Firli auf www.gutefrage.net)

»Ab welchem Alter, ist Aufklärung sinnvoll? Ich hab grad irgendwo gelesen, dass es Kindergarten-Kinder gibt, die schon wissen dass Babies durch Sex entstehen.«
(Clusiela86_grüßt die feigen DR-Trolle auf de.answers.yahoo.com)

»Was tun wenn mein Kind fragt, wo die Babys herkommen?«
(GottesPlan auf www.gutefrage.net)

»Was sage ich meinem Kind wenn es nach dem Klapperstorch fragt?«
(Rosenbiene auf www.chefkoch.de)

Beim Thema Aufklärung ist nicht nur das »Wann« von Interesse. Mindestens genauso schwierig gestaltet sich das »Wie«, wobei es da keine Parade-Antwort zu geben scheint, wie die Vielzahl an unterschiedlichen Lösungsvorschlägen zeigt:

»Wie habt ihr euren Kindern erklärt, wo die die Babys herkommen?«
(Funk_Master_T auf www.cosmiq.de)

»Sie wachsen in Mamas Bauch, wenn Mama und Papa sich sehr lieb haben!«
(dickerhase auf www.cosmiq.de)

»Hm, er kennt doch bestimmt Samenkörner, die man in die Erde säht und da kommen Pflanzen raus, vielleicht kann man das als bildliches Beispiel einbeziehen.«
(sonjarena auf www.netmoms.de)

»Aufklärung fängt ja nicht erst bei der Frage der Entstehung eines Kindes an. Aufklärung fängt ja schon damit an, die Geschlechtsteile mit realem Namen zu benennen. Pipimann, Pullermann, Mumu und weiß der Geier welche Namen sonst noch vergeben werden, sind der falsche Weg. Die Nase ist die Nase und ein Penis ist ein Penis. Für kein anderes Körperteil, werden sich so bekloppte Namen überlegt, wie für Scheide, Penis und Busen/Brust/Brüste.«
(Babynoah auf de.answers.yahoo.com)

»Es gibt auch schöne Kinderbücher z. B. »Vater + Mutter und Ich«, da wird das Geschehen zwischen Mann und Frau anhand von Puzzle-Teilen erklärt.«
(Mondlachen auf www.gutefrage.net)

»Aufklärung ist in jedem Alter ein peinliches Thema. Ich denke die klären sich schon selbst auf, in der 4. Klasse Sexualunterricht oder wenn die die Bravo lesen…«
(Malwina Dettling auf de.answers.yahoo.com)

»Meine Mutter hat mir damals gesagt ›Mama und Papa müssen nackig miteinander schlafen‹ mehr wollte ich darüber dann gar nicht wissen… ;-)«
(BrezelPower auf www.gutefrage.net)

»Diese Aufklärung sollte von Psychologen durchgeführt werden, also von Profis. Ansonsten wurde ich ›einfach‹ aufgeklärt soweit ich mich erinnern kann, der Rest ergibt sich sowieso dann in der Grundschule. Unsere Lehrpläne beinhalten nicht um sonst ›Sexualkunde‹.«
(Nightwolf auf de.answers.yahoo.com)

»Ggf. nimm' die altbewährte Story von der Biene und der Blume.«
(werderbraut auf www.gutefrage.net)

Wenn man die Themen in den Elternforen verfolgt, wird auf die geposteten Sorgen und Nöte oft eine gute Bildung der Kinder als Lösung und Basis für eine möglichst sorgenfreie Elternschaft genannt. »Wer schlau ist, wird schon nicht nach Drogen greifen oder mit 13 heimlich Motorrad fahren«, lautet die Überzeugung vieler Eltern, und da verwundert es nicht, dass großer Wert auf gute schulische Leistungen gelegt wird. Kinder sehen das naturgemäß mit anderen Augen, wie sich am folgenden gekürzten Thread auf www.e-hausaufgaben.de gut sehen lässt:

Darf meine Mutter das?

Frage von **harry36358**
mutter will das ich englisch heft komplett neu schreibe.
hi habe mal eine frage ob meine mutter das darf: darf meine mutter mir befehlen ein schulheft nochmal komplett neu zuschreiben nur weil ich nicht schön geschrieben habe? Ich würde mich sehr auf schnelle antworten freuen?

↳ Antwort von **cleosulz**
(e.hausaufgaben.de-Team Assistent)
ja sie darf ---- ich bin deine Mutter
... wenn es der Erziehung »und dem Wohl des Kindes« dient.

↳ Antwort von **harry36358**
gibt es da ein gesetz das die das darf

↳ Antwort von **Harvard**
Wenn du das fragen musst, solltest du es sogar 2x schreiben.

↳ Antwort von **cleosulz**
(e.hausaufgaben.de-Team Assistent)
Ja, das steht im Bürgerlichen Gesetzbuch.
Darin steht, dass deine Eltern erziehungsberechtigt sind.
Das bedeutet, dass sie dich hüten, umsorgen »müssen«.
Außerdem sind sie verpflichtet, dich (im Rahmen ihrer Möglichkeiten) zu fördern.
Und wenn du schlampig dein Englischheft führst, dann

kann es durchaus im Rahmen der Fürsorgepflicht deiner Eltern liegen, dich zur ordnungsgemäßen und ordentlichen Führung eines Heftes anzuleiten.
Damit du lernst, wie man es ordentlich macht.
Und damit du lernst, dass wenn du es gleich ordentlich gemacht hättest, dass du viel Zeit und Arbeit eingespart hättest.
Sowas nennt sich Erziehungsarbeit deiner Eltern.

↳ Antwort von **cleosulz**
(e.hausaufgaben.de-Team Assistent)
@Harvard --- bist du sein Dark Vader ....?
Ich tendiere dafür, dass er das Heft 3 x abschreibt.

↳ Antwort von **cleosulz**
(e.hausaufgaben.de-Team Assistent)
Zitat:
»Alle Rechte, die also Eltern zur Ausübung der Personensorge haben, sind gleichzeitig Eingriffsrechte in das Selbstbestimmungsrecht des Kindes und Schutzrechte gegenüber Dritten.«
So, dein Selbstbestimmungsrecht darüber, ob das Heft nochmals geschrieben wird oder nicht – wird durch die Ausübung der elterlichen Sorge (hier die Personensorge) durch deine Mutter aufgehoben.
Solange du das Heft nur 1 x abschreiben musst und es keine 500 Seiten sind und du durch das Abschreiben keine körperlichen oder geistigen Schäden davonträgst, hast du sehr, sehr schlechte Karten.
Dir liegt natürlich frei, das Familiengericht von dem Miss-

brauch der elterlichen Sorge durch deine Mutter zu informieren.
Der zuständige Familienrichter wird dann prüfen, ob die von deiner Mutter getroffene Erzehungsmaßnahme geeignet ist, das Kindswohl (also dein Wohl) zu schädigen.
Aber glaube mir: deine Chancen stehen sehr schlecht ....
womöglich ist der Familienrichter eine Frau und Mutter eines 13jährigen Schülers, der schlampige Heftführung praktiziert.
Meine Empfehlung:
Fang einfach damit an.

↳ Antwort von **goldenoldie**
Sei froh und dankbar, dass du Eltern hast, die sich auch um deinen Schulerfolg kümmern.
Natürlich weiß ich, dass handschriftliches Schreiben immer mehr zurückgedrängt wird; früher gab es mal den Satz:
an der Handschrift kann man den Charakter des Menschen erkennen. (und da ist was dran, denn sonst würde es ja kaum den Beruf des Graphologen geben).

↳ Antwort von **ANONYM**
Fehlschluss.
an den Sternen kann man den Lebensweg eines Menschen erkennen. (und da ist was dran, denn sonst würde es ja kaum den Beruf des Astrologen geben).
an Poltergeistern kann man mehr über die Geschichte eines Hauses erfahren. (und da ist was dran, denn sonst würde es ja kaum den Beruf des Parapsychologen geben).

↳ Antwort von **bungabunga**

Ihc würde Es nicht machen. Schönchrift kan man auch andres üben.

↳ Antwort von **ANONYM**

@ bungabunga:

1. du bist auch schon 22 und damit rechtlich erwachsen
2. deine Mutter hatte offenbar versäumt, dich dein Deutschheft abschreiben zu lassen.

Denn dein Beitrag enthält immerhin 5 Rechtschreibfehler.

@harry36358 – hör nicht auf bungabunga, sonst enden deine Beiträge auch so.

Und das, wo doch die Grundschüler in Bayern angeblich am besten in den Fächern Deutsch und Rechnen sind.

Spannend wird es im Familienleben auch, wenn zwei Sippen zu einer zusammengeführt werden und neue Rollen wie etwa die der Schwiegereltern entstehen. Hier tut sich ein weites Feld mit großem Überraschungspotential und vielen Fragen auf:

»Hilfe!!!! Meine Schwiegermutter kommt zu Besuch!!! Was soll ich kochen? Wie sauber muss ich putzen? Was mache ich, wenn sie mir unter die Bettdecke schaut??? Danke für SOS – Nachricht.«
(Nancy-Natascha auf www.chefkoch.de)

»Habe mit meiner Schwiegermutter geknutscht…«
(FrankXYZ31 auf www.gutefrage.net)

»Was tut man, bei der künftigen Schwiegermutter zum Essen eingeladen, wenn die gereichten Speisen da total versalzen, zu scharf gewürzt und nicht durchgebraten (Huhn) einfach fürchterlich schmecken?«
(Elisabeth auf de.answers.yahoo.com)

»Schwiegermutter krallt sich meine Kids und nervt.«
(angelofberlin auf forum.gofeminin.de)

»Weglaufen! Schwiegermutter kommt.«
(Amunia auf www.eltern.de)

»Schwiegermutter in Spe ist ein Drachen!«
(Nemi83 auf www.gutefrage.net)

»Hilfe ich habe ein »Schwiegermonster«. Was tun?«
(leaimani auf forum.gofeminin.de)

»[…] Nur habe ich ein Problem mit meiner Schwiegermutter, die stinkt so sehr, dass man sie in 5 Meter Entfernung noch riechen kann… Sie hat so einen starken Schweißgeruch und Mundgeruch, (glaube sie hat keinen einzigen Zahn mehr im Mund, der nicht fault) dass mir sogar manchmal fast das Kotzen kommt!«
(?? auf urbia.de)

»Ist ein Mundschutz bei Schwiemu mit schlechten Zähnen übertrieben?«
(BiWo auf Eltern.de)

»Wenn meine Schwiegermutter singt, muss ich mich allerdings immer in die hinterste Ecke unserer Wohnung verkriechen. Das ist so schief, da kräuseln sich mir die Fußnägel hoch.«
(Sahnedrops auf forum.glamour.de)

»SchwieMu redet ständig über ihre (noch nicht vorhandenen) Enkel.«
(Miss Tina auf www.eltern.de)

»Schwiegermutter hat Hund mit Parfüm eingesprüht. Hallo Ihr Lieben! Ich habe leider eine absolut gestörte SM und ich hatte mir auch geschworen unseren Hund nur noch im äußersten Notfall dazulassen, aber am WE ging es leider nicht anders… Gestern wollten wir ihn abholen und er guckte völlig apathisch und traurig. Da roch ich es, er war von oben bis untern mit einem billigen Männerparfüm eingesprüht!«
(leyenda31 auf forum.gofeminin.de)

Schwiegereltern und insbesondere Schwiegermütter beherrschen die Kunst des Polarisierens und stellen die anderen Familienmitglieder vor so manche Herausforderung. Interessant ist, dass es hierbei gar nicht um die großen Bedürfnisse der Menschheit wie etwa Fortpflanzung oder Ernährung gehen muss, sondern dass bereits einfachste Dinge enorme Schwierigkeiten bereiten können:

»Wie nennt ihr eure Swiegies? Hallo, ich wollte mal fragen, wie nennt ihr eure Schwiegereltern? Mama und Papa, oder mit Vornamen? Ich weiß, früher hat man seine Schwiegies immer mit Mama und Papa / Mutter und Vater angesprochen. Ich frage weil meine SchwieMa es mir mal nahe gelegt hat dass sie es ›unmöglich‹ findet dass ich sie nicht Mama nenne. Aber ich kannte meinen Freund (jetzt Mann) 10 Jahre lang, und da habe ich sie immer mit ihrem Namen angesprochen. Für mich waere es sehr komisch sie auf einmal Mama zu nennen. Nicht nur dass, sie ist nicht meine Mum, und deshalb wuerde ich sie NIE mit Mama ansprechen. Wie sieht es bei euch aus?«
(sumalie72 auf www.urbia.de)

»Ich nenne meine Mutter Uschi.«
(Nina auf www.babyzimmer.de)

»Ich versuche direktes Ansprechen zu vermeiden. Meistens klappt das auch gut. ›Könnte ich bitte die Butter haben?‹, anstatt z.B. ›Jutta, kannst du mir bitte die Butter reichen?‹«
(User 97853 auf www.planet-liebe.de)

»Meine Schwiegereltern nenne ich blödes Pack und hab den Kontakt abgebrochen.«
(Mone877 auf www.babyforum.de)

»Meine Mutter ist Mutti, seine Mutter ist Mama.«
(Elisa auf www.mamacommunity.de)

»Meine Schwiegermutter ist für mich übrigens das Schwiegermonster. Wenn mein Mann über seine Mutter spricht, nennt er sie Drachen.«
(SpieloReloaded auf www.mamacommunity.de)

»Früher die Schwiegereltern mit Vornamen und die Oma mit Oma + Vorname. Als die Große geboren wurde wurden da Oma und Opa draus und zu meinen Eltern wurde aus Mutti, Vati Muttel und Vatel. Da ich meine Eltern, Schwiegereltern und Oma hier zu betreuen habe, ist alles weibliche Muttel und alles männliche Vatel. Das hängt daran, dass sie sich auch mit über 50 nicht wie Oma / Opa fühlten. Ich werde auch alt und habe sie schon mit den Namen meiner Tochter angesprochen. Ich bin in einem Alter, wo ich einen Schwiegersohn bekommen könnte und wehe der redet mich mit Mutti, Oma oder so an, ich bin doch nicht alt!«
(280869 auf www.urbia.de)

»Ich umgehe es gerne und spreche meine Schwiegereltern direkt an. Sie haben mir mal das ›Muddelein‹ und ›Vaddchen‹ angeboten – aber nein danke, da gruselt es mich.«
(engelchen28 auf www.urbia.de)

»Ich sprech Sie gar nicht an …«
(darkmoon66 auf www.urbia.de)

Ein weiteres Feld, welches innerhalb der Familie mannigfache Fragen aufwirft, ist der Bereich der Musik. Die Geschmäcker sind verschieden, und die sensible Seele grübelt: Was ist cool, was ist peinlich, und was ist gar gefährlich?

»[…] mir ist es echt peinlich, wenn meine Mum ihre Musik voll aufdreht, und die Fenster offen hat und dazu tanzt. Oder wenn mein Dad mich und jemand von meinen Freunden mitnimmt und er dann immer zu seiner Volksmusik mitsingt und noch jodelt.«
(Prisonbreak auf www.mädchen.de)

»Mein Sohn (16) hört seit ca. 2 Monaten Metal. Ist Metal gefährlich? Was soll ich tun???«
(heinz30461 auf www.gutefrage.net)

»Mein Sohn hört Blackmetal, ist er ein Satanist?«
(Betzenbube auf www.gutefrage.net)

»Oma 1 mag André Rieu und außerdem generell Volksmusikkasper.«
(DocHolliday auf www.musiker-board.de)

»Ist es normal dass meine Oma auf Scooter musik steht?«
(dennisgrass auf www.cosmiq.de)

»Mein Opa hört nur Klassik. Meine Oma nix.
Ist schwerhörig. (kleiner Scherz am Rande)«
(staindkisdorf auf www.musiker-board.de)

»Ich hab 2 tote Opas und eine tote Oma. Die verbliebene Oma hört sich am liebsten selber reden und Karnevalsmusik.«
(zion auf www.musiker-board.de)

Aufregend wird es, wenn sich der Musikgeschmack nicht an Altersgrenzen halten möchte und das familiäre Umfeld damit verwirrt. So ist die Sorge von MrPolizeiCool auf www.gutefrage.net »Hilfe!!! Mutter will Rapperin werden!« ähnlich einzuordnen wie der Beitrag von darknes08 auf www.allein-erziehend.net: »Hilfe! Mein Kind hört klassische Musik«. Auch der folgende Thread auf www.gutefrage.net zeigt auf, wie unterschiedlich die Einschätzungen der Menschen sein können:

Hilfe! Meine Oma will in die Disco gehen!

Frage von **skaterhai**
Hilfe! Meine Oma will in die Disco gehen! Dies ist kein Scherz! Meine Oma fragt mich dich die ganze Zeit, ob sie mal mit mir in die Disco gehen kann! Dann gebe ich meistens keine Antwort, weil ich sie nicht enttäuschen will! Wie kann ich ihr vorsichtig beibringen, dass ich das nicht möchte?

↳ Antwort von **slideagain**
Deine Oma ist echt cool, nimm sie mit und feiert kräftig ab!

↪ Antwort von **LiiZzaa**

okey dir ist das vllt peinlich... aber hey deine oma will spaß haben will das leben auch genießen... dabei ist es egal wie alt man ist... is doch nicht schlimm. ich finds hammer!!

↪ Antwort von **cortensteelonly**

geile omma. nimm Sie mit!!! die werden Dich alle beneiden!

↪ Antwort von **lieblingsmam**

Oft machen die Alten den Jungen noch was vor. Also nimm sie mit :-)

↪ Antwort von **BillyBoo**

Deine Oma hat doch bestimmt schon viel für Dich getan. Na und dann mach ihr die Freude.Würde meinen Disco-Freunden Bescheid sagen, vielleicht wird es eine lustige Runde.Ein älterer Mensch muß doch keine Spassbremse sein.Also ran das wird cool!!!!
Ich will auch so eine Rampen-Sau als Oma!!!!!!!!!!!!!!!!!!!!!!!
:-D Boah nimm sie mit. Das wird sicher geil. Deine Freunde werden sagen: Is ja LOL oder so was ähnliches!!!

↪ Antwort von **maggy11**

Ich würde nicht überlegen sonder es einfach mal ausprobieren!!!!!!!!!!

↪ Antwort von **Franky08**
nimm sie mit, aber pass auf das sie nicht abgeschleppt wird :D

↪ Antwort von **Rittersporнin**
Hallo skaterkai, ich bin gestern 69 j. geworden und kann dir nur sagen, dass viele Tanzbegeisterte in meinem Alter sich flotter und einfallsreicher zu flotten Rhythmen bewegen, als mancher auf der Stelle tretender Jugendlicher. Wenn deine Oma gern mal mitgehen möchte, ist sie doch sicher kein Grufti, sondern eine lustige und aufgeschlossene Frau. Aber vielleicht fragst du deine Freunde, ob nicht deren Opa auch gern mal wieder eine kesse Sohle aufs Parkett legen möchte. Heute sieht man doch bei Konzerten großer Stars der Unterhaltungsmusik alle Generationen im Publikum vereint und die »Alten« stehen da bestimmt nicht still, sondern rocken das Parkett ebenso begeistert wie die Jungen. Meine Schwiegertochter (45) und mein Sohn (49) haben mich schon des Öfterne regelrecht dazu gedrängt, mitzukommen. Ich hoffe für deine Oma, dass du dich noch überwinden kannst und sie mal mit nimmst. Liebe
Grüße Rittersporнin

↪ Antwort von **ele777**
lass sie doch, ist doch süß :) wenn du deinen freund/ deine freunde mitbringst und sie das auch ganz gut aufnehemn wird dir das niemand übel nehemn, ich fänd es toll,wenn meine oma so etwas machen würde^^ und du musst ja nicht in eine disco gehen, wo dich jeder kennt. ich finde du kannst das ruhig machen ;) viel spaß dann noch und sie wird

bestimmt nicht so lange bleiben, immerhin kann sie euch fahren :) wie alt ist sie denn?

↳ Antwort von **osnapitzary**
Wenn du sie nicht mit nimmst, geh ich gerne mit ihr.

↳ Antwort von **Plasmaspender**
Frag deine Freunde, ob ihre Omas auch mitkommen wollen, und nehmt sie alle mit! Die alten Damen werden ihren Spaß haben und für euch ist es nicht so peinlich!

↳ Antwort von **HowardFrazetta**
also sorry aber ich würd eher dazu tendieren sie nicht mitzunehm. großeltern (eigentlich familie allgemein) haben meist sone einzigartige bindung zu einem, anders als bei freunden, ich weiß ja nicht was du inner disko machst, aber so mädels angraben, trinken, tanzen was weiß ich alles, das wär mir vor familie peinlich. zudem sind diskos keine sonderlich netten orte ... drogen, assiges verhalten, schlägereien etc.

↳ Antwort von **maximali**
ich kann aus Erfahrung sagen, 1 X im Monat gehe ich (75 J.) in die Disco. Es ist eine ü. 50 Party mit Discomusik.
Nach 2 Std. habe ich abgerockt, bin zufrieden und gehe glücklich nach Hause. Ich bin auch 3fache Grossmutter und mir ist egak was andere Leute...........

↳ Antwort von **Leseratte87**
ich würd mit ihr hingehen, wird bestimmt eine coole Sache. Je oller, je doller, sagt man doch so schön :D

↳ Antwort von **bountyeis**
Ich würde sie mitnehmen – aber vielleicht nicht gerade in eine U16-technoparty, sondern schauen, ob es etwas gibt mit generationenübergreifender Musik: Musik aus den Siebzigern, Achzigern und Modernes; oder so –
deine Oma war in einer geilen Zeit jung: DIE ROCKT!

↳ Antwort von **Herculessy**
hi versuch sie mal nett zu fragen was sie bei sprüchen macht wie »hey OMA brennt dein altenheim oder was machst du hier«? wenn sie sofort ne freche antwort hat nimm sie mit hihi =)) und sei stolz auf sie.

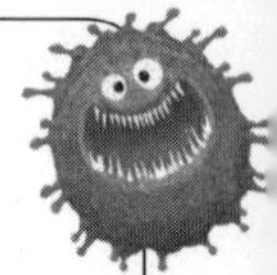

Best of kluge Forensprüche und lustige Signaturen

- Wenn man im Wort Mama vier Buchstaben ändert, dann hat man auf einmal Bier.
- Die drei größten Krisen im Leben eines Mannes: Frau weg, Job weg, Kratzer im Lack.
- Wenn Siebengescheite auf Neunmalkluge treffen, ist eine Massenkarambolage unausweichlich.
- Hast Du eine Mutter, dann hast Du immer Butter.
- Ein Kind ohne Mutter ist wie ein Currygericht ohne Zwiebeln. (Aus Indien)
- Lieber ein erregter Unbekannter als ein unbekannter Erreger.
- Kinder sind nicht nur ein Trost im Alter, sondern auch ein Mittel, es schneller zu erreichen.
- Es ist wirklich erstaunlich, wie verwundert einige Menschen plötzlich sind, wenn der Satz ganz anders endet als sie Kartoffel.
- Eine verheiratete Tochter ist wie verkauftes Ackerland. (chinesisches Sprichwort)
- Lieber arm und reich als krank und gesund.
- Wir sind diejenigen, vor denen uns unsere Eltern immer gewarnt haben.

- Größe allein ist nicht entscheidend: Eine Biene sammelt an einem Tag mehr Honig als ein Elefant in seinem ganzen Leben.
- Früher haben die Mädchen gekocht wie ihre Mütter, heute saufen sie wie ihre Väter!!!
- Wenn eine Großmutter den Raum betritt, flüchten die Manieren der Enkelkinder.

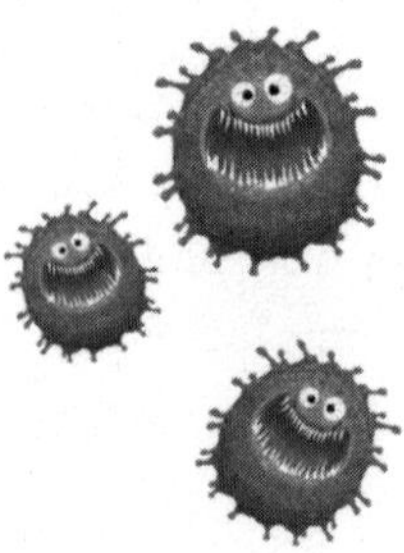

MEIN STYLE IST GEIL

Von quietschenden Haaren bis zu ausgestopften Badehosen: Mein Aussehen und ich

»Lasst uns alle fett sein, es können nicht alle beim Ballett sein!« Dieser Spruch ist ein Klassiker und klar, beim sonntäglichen Kaffeeklatsch mit Schwarzwälder Kirschtorte und anderen Schweinereien sicherlich ein passendes Motto für die weitere Nachmittagsgestaltung. Von Situationen wie diesen einmal abgesehen, ist die Einstellung der Menschen jedoch zumeist eine andere. Denn wir alle möchten doch gut aussehen, und dazu gehört unter anderem auch das Einhalten bestimmter Konfektionsgrößen – im Rahmen des Möglichen, versteht sich, es muss schließlich nicht jeder Top-Model werden. Wobei das Aussehen ja auch nicht nur von der Figur abhängt. Die Auswahl der Kleidungsstücke, Frisur, Handtasche und weitere Accessoires wie Auto oder Hündchen haben ebenfalls großen Einfluss darauf, ob eine Person als schön bzw. attraktiv eingeschätzt wird. So weit sind wir uns einig. Doch da wäre noch diese klitzekleine Sache mit den unterschiedlichen Geschmäckern. Und daraus resultierend die große Frage, was denn nun eigentlich schön bzw. unschön ist.

»Muskeltypen – Stehen Frauen wirklich darauf, oder denken Männer das nur?«
(aineshaw auf forum.gofeminin.de)

»Männer was findet ihr besser: Frauen mit braunen oder Blonden Haaren?«
(justme09 auf www.goolive.de)

»Waschbrettbauch oder Waschbärbauch? An die Damen: Was mögt Ihr lieber an einem Mann?«
(Randolph Carter auf www.unicum.de)

»Finden Frauen Männer in kurzen Hosen sexy?«
(Lukas auf www.kurzehosenforum.de)

»Stehen alle Männer auf High-Heels und Stöckelschuhe?«
(M4RiiO auf www.gutefrage.net)

»An die Männer: Locken, wellig oder glatt?«
(flatwhite auf www.med1.de)

»Welche Klamotten findet Frau an Mann anziehend?«
(coolstyle auf forum.gofeminin.de)

»Was finden Männer bei Frauen attraktiv?«
(juli8819 auf forum.gofeminin.de)

»Stehen Frauen auf ›Naturburschen‹?«
(Gast auf www.elitepartner.de)

»Sind Männer in Sandalen uncool? Oder hättet ihr Frauen damit keine Probleme? Worauf sollte ein Mann bei Sandalen achten bzw. was sollte er vermeiden?«
(? auf de.answers.yahoo.com)

»An alle Männer: Auf welchen typ Frau steht ihr – blond oder braun…??«
(michatobi auf de.answers.yahoo.com)

»Was finden Frauen am Mann (äußerlich) attraktiv?«
(Benno auf de.answers.yahoo.com)

»Auf was stehen Jungs beim Aussehen? Auf was stehen Männer? Make- up, Puder oder gar keine Schminke? Lippenstift, knallbunter Nagellack oder lieber nicht? Die Haare lässighoch-stecken oder einfach offen tragen? Hose oder Leggins? Extrem dünn oder weiblich?«
(Larissa auf de.answers.yahoo.com)

Die Frage der Fragen lautet: »Was ist schön?« Und so einfach diese Frage klingt, so schwierig gestaltet sich die Antwort. Da die Geschmäcker nun einmal verschieden sind, ist die Verunsicherung mitunter groß, und viele sind auf der Suche nach dem richtigen Stil. Oftmals gilt es, die Wünsche des anderen Geschlechts herauszufinden und diese mit den eigenen Idealvorstellungen in Einklang zu bringen. Dass das nicht immer einfach ist, lässt sich an unzähligen Forenbeiträgen ablesen. Nehmen wir das Beispiel mit dem Strandurlaub, der genau dann vor der Tür steht, wenn die Waage völlig überraschend Alarm schlägt:

»HILFE! Nur noch 8 Tage und ich bin noch nicht Bikini tauglich!«
(happysfragen auf www.gutefrage.net)

»Hilfe!!!! Bikini-figur Noch Nicht Erreicht!!!«
(balddünn auf www.abnehmen.com)

»HILFE wie bekomme ich schnell eine BIKINIFIGUR??«
(ncis_csi423 auf de.answers.yahoo.com)

»SCHNELLE HILFE!!! morgen ins Schwimmbad und keine Bikinifigur«
(laauriiii auf www.gutefrage.net)

»HILFE!!! Mein Badeanzug zu klein geworden!!!!!«
(Taija auf www.chefkoch.de)

»Mein Busen passt plötzlich nicht mehr in meinen Bikini-Oberteil!«
(Nina auf de.answers.yahoo.com)

Man könnte meinen, dass das Thema Bademode eher feminin besetzt ist, und ja: Unzählige Forendiskussionen dienen dem Austausch von Tipps, wie man über Nacht die Traummaße eines Bademoden-Models erreicht. Doch auch Jungs und Männer beschäftigen sich ausführlich mit diesem Thema, wobei es zunächst einmal darum geht, sich in das richtige Lager einzuordnen:

»Badehosen, Badeshort – was soll ich anziehen??«
(Daniel96512 auf www.gutefrage.net)

»Enge oder lockere Badehosen auf was stehen Frauen mehr also Jahrgang 20–25 ich hab folgendes Problem ich kann mich nicht entscheiden ob frauen auf die engen Badehosen stehen oder auf die lockere ich zihe immer die engen an und denke das es mir steht da ich auch recht einen guten Körper habe nur meinen meine Kollegen das es etwas schwul aussieht da ich so zu sagen 0 beharrt bin was meint ihr? eng oder locker?« (Mikel90 auf www.gutefrage.net)

»Boxer-badehose oder badeshort, was sieht besser aus?«
(ig147 auf www.gutefrage.net)

Zum Glück ist die Damenwelt um keine Antwort verlegen, und auch wenn die Vorlieben durchaus unterschiedlich sein können, lassen sich aus den Antworten viele hilfreiche Erkenntnisse ziehen:

»absolut eng…und vergiss die Socke nicht…die saugt sich so schön auf im Pool.«
(saftbraten auf www.gutefrage.net)

»Meinst du, die Frauen beurteilen dich nach der Badehose? Die schauen lieber ob was im Kopf ist und nicht in der Hose.«
(Lexa1 auf www.gutefrage.net)

»Die weiten sehn tausend mal besser aus und bei den engen sieht man ja dann den pimmel das törnt voll ab.«
(schoko.muffin auf www.community.bravo.de)

»Sieht doch g'eiler aus wenn sich das Teil abzeichnet wenn es nicht ein absolutes Miniwürstchen ist.«
(rascal09 auf www.gutefrage.net)

»Ich finde die engen bei entsprechendem Aussehen besser. Wenn derjenige speckig ist, keinen Waschbrettbrauch und/oder kein hübsches Gesicht hat, dann sollte er aber lieber zu weiten Badehosen greifen.«
(Hermia auf www.community.bravo.de)

»Ich würde wieder Badeslips anziehen, Shorts sind im moment zwar eher in aber ich tage auch schon immer Badehosen. Manchmal kucken die anderen Jungs zwar n bisschen kommisch, aber dafür stehen die Mädels viel mehr drauf (vorrausgestzt du hast den richtigen Body dazu).«
(Radioactiveman auf www.gutefrage.net)

»nieeemals! nunja, ich will ja nicht wissen welche form ihr schwanz hat und wie die bestückt sind. Ausnahme sind die, die n RICHTIG großen haben, die dürfen das.«
(WeißeFeder auf www.community.bravo.de)

Wer nun denkt, dass das Thema mit diesen Feststellungen beendet ist und der Großteil der Männerwelt sich aufgrund der weiblichen Präferenzen ab sofort einfach mit Badeshorts ins Wasser begeben wird, der irrt. Denn eigenartigerweise führt die Entscheidung für Badeshorts zu weiteren Fragen:

»Was zieht man unter Badeshorts an…?«
(questionmister auf www.gutefrage.net)

»Was tragt ihr unter der Badeshorts?«
(würstl auf de.answers.yahoo.com)

»Wie viele Badeshorts tragt ihr im Schwimmbad?«
(Patrick auf de.answers.yahoo.com)

»Warum tragt Ihr Unterhose unter die Badehose / shorts? Hallo. Habe gehört, daß es neuerdings viele Ihre Unterhose unter der Badehose / shorts anziehen / anlassen. Mich würde mal interessieren wer das macht und weshalb. Und wie alt Ihr seid. Also ob das nur Jugendliche machen oder auch Männer. Ich bin 34. Ich würds nicht machen.«
(Patrick auf www.paradisi.de)

»Warom tragen jungs unter der badehose boxershorts?«
(Motte T auf de.answers.yahoo.com)

Zum Glück finden sich im Netz zahlreiche Antworten auf diese wichtigen Fragen, und da nicht jeder mit diesem Thema vertraut ist, soll hier im Sinne eines einvernehmlichen Miteinanders von Mann und Frau, von Short und Slip sowie von mit und ohne Unterhosen-Schwimmern ein wenig Licht ins Dunkel gebracht werden:

»Tja…ich glaub das können wir selbst nur schwer erklären! Wir machen das eigentlich immer wenn die Badehose keine eingenähnte ›Unterhose‹ hat! Aber das ist ein Thema das man hier nicht so einfach erklären kann! ;-)«
(Kai M. auf de.answers.yahoo.com)

»Ich machs. Ich trage eine Unterhose aus 3 Gründen unter die Badehose: 1. Um zu vermeiden, daß man eine ›Latte‹ sehen kann. 2. Wenn beim Springen die Hose rutscht. 3. Geht beim Umziehen schneller.«
(Nils auf www.paradisi.de)

»kleiner pim.mel…«
(No N auf de.answers.yahoo.com)

»Zu faul – Also ich bin meistens viel zu faul um in die umkleide zu gehen, wenn ich ins schwimmbad gehe, ziehe ich die jean aus und zieh die badehose über die satinboxershort und lass sie oben rausschaun, und cool ausschaun tuts auch.«
(Manfred auf www.paradisi.de)

»Ich mach das falls sie reißen sollte ich nicht jedem meinem Po zeige (springe liebend gerne ins Wasser).«
(Limonit94 auf www.meet-teens.de)

»Weil sie so sicherer sind, dass man ihr bestes Stück nicht sieht wenn sie breitbeinig dasitzen!!«
(bobolina auf de.answers.yahoo.com)

»Manche jungs kriegen schnell mal n ständer wenn sie den frauen auf die möpse schauen.«
(Filmriss auf www.team-ulm.de)

»Shorts – Jo man das is voll geil wenn du ne fette Calvin Klein Boxer oda so drunter hast und dann deine Badeshortz halb untern arsch ziehst. Ich mach dat imma so voal geil!!!!!!«
(qwertzuiop auf www.paradisi.de)

Weitere wichtige Hintergründe rund um diese brenzlige Angelegenheit bietet der intensiv geführte Austausch auf www.macuser.de, der hier in einer gekürzten Fassung weitere Pro- und Kontra-Argumente liefert:

Unterhose unter Badehose?

Frage von **Gegenwind**
Unterhose unter Badehose? Neuste Mode? Beim Baden sieht man es immer öfters, die jungen Leute tragen Unterhosen unter ihren langen Badehosen. Ist das nur in meiner Region so, oder ist das jetzt Mode? Tragt ihr das auch so (angesprochen sind natürlich nur die Jüngeren unter uns)?

↪ Antwort von **Stonefred**
ich schätz das liegt am Dekoleté der Mädels.

↳ Antwort von **MacEnroe**
U-Shorts unter den Bade-Shorts? Wozu soll das gut sein… Wenn, dann enge Unterhosen als Schutz bei Arschbomben!

↳ Antwort von **benjorito**
Also ich hab auch immer so Boller-Schwimmshorts an, aber die haben ja für gewöhnlich so ne Netzunterbuxe eingebaut…da trag ich doch nicht noch ne Unterhose drunter!

↳ Antwort von **tobo78**
Mach ich auch so! Der dünne Badehosenstoff kann das Gewicht ja nicht allein tragen.

↳ Antwort von **NoNameGuy**
Jo, zumindest bei den Jugendlichen hier ist das irgendwie auch so. Richtig erklären konnte mir auch keiner, wieso sie das so machen. Bzw. einer Freundin von mir, die hat einfach jeden angesprochen der so rumlief.

↳ Antwort von **MacEnroe**
Als HipHopper muss natürlich eine U-Hose aus der Badehose schauen, die Badehose muss unter den Po geschoben sein.

↳ Antwort von **SpecialB**
Hab ich am Sonntag auch im Erlebnisbad gesehen, lauter pubertäre Jungs. Ich hab mir auch gedacht, was das wohl sein soll. Zu viel Gewicht in der Hose kanns jedenfalls nicht sein, zumindest nicht vorne rum. Ich hoffe mal, dass sie damit keine Einlagerungen »hinten rum« verstecken wollten.

↳ Antwort von **racingbull**
liegt einfach daran das man die short dann tief sitzen lassen kann. baggy style eben. bei der eintauchphase eines sprungs rutscht die short schon mal weg.

↳ Antwort von **stonefred**
Gibt auch Mädels, die ziehen zwei Bikinioberteile übereinander an.

↳ Antwort von **PieroL**
Es gibt Shorts und Badeshorts. Bei der Badeshorts ist noch so'n Netzdings drin, das die Murmeln in der Shorts hält. Bei normalen Shorts halt nicht. Verständlich, wenn man da noch einen Schlübber oder ne kurze Badebutze drunter trägt.

↳ Antwort von **the muck**
na bei den Netz Dingern sieht man auch die volle Pracht, aber die engen Unterhosen verhindern eventuell das man sieht wenn der kleine Mann den Kopf in den Himmel streckt…

↳ Antwort von **walfrieda**
ich weiß ja nicht was mit der jüngeren Generation heute los ist. Die werden echt immer prüder. Ich hab in den 80ern studiert, da waren im Freibad am See alle (Jungs und Mädels) wesentlich freizügiger, beim Umziehen, bei der Klamottenwahl, auch mal »oben ohne« im normalen Freibad. Auch im täglichen Leben hatten die meisten jungen Frauen nur selten einen BH an (hörte man so). Irgendwann in den neunzigern hat sich das wohl angefangen zu wandeln. Die Badehosen

der Jungs müssen mindestens knielang sein, jetzt offenbar noch mit normaler Unterhose drunter, und die Mädels fangen bestimmt bald wieder an Badekleider zu tragen oder in reine Damen-Badeanstalten zu gehen. Was soll das denn eigentlich?

↳ Antwort von **tafkas**
Was ist denn eigentlich aus der klassischen Badehose geworden?

↳ Antwort von **Dei Mudder**
du meinst die eierquetscher?

↳ Antwort von **Schmürmel**
Habe mal bei ner Strandparty eine Frau sagen hören: »Iiiiiih, der hat ja ne Klötenhose an.« Gemeint war eine klassische Badehose, wie sie gegen Ende des letzten Jahrtausends noch oft getragen wurde. Heute: Unterhose hält die Klötze nah am Körper und mit extrem weiten Shorts darüber zeichnet sich 100% nix mehr von Grundausstattung ab. Fazit: Was man nicht sehen kann, kann anderen in der Pickelclique auch nicht als Belustigung dienen.

↳ Antwort von **tau**
Man sollte eigentlich anfangen, wieder blau/weiße Badekappen zu tragen. Die Saucoolen unter uns ziehen dann noch ne Bommelmütze schräg drüber.

↳ Antwort von **Wurzelsepp**

Hier sind in den meisten Badeanstalten Unterhosen unter den Shorts verboten, und zwar aus zwei Gründen: 1. Hygiene: Die Unterhosen, die man den ganzen Tag getragen hat, dann auch noch im Wasser zu tragen... na ja. 2. Wasserverbrauch: Seit es diese Mode gibt ist in den Badeanstalten der Wasserverbrauch massiv gestiegen. Die Unterhosen wiegen ja nach dem Baden etwa 5kg, davon 4.9kg Wasser... das muss dann wieder nachgefüllt werden, angeblich merken die Badeanstalten das tatsächlich. Inzwischen sind sogar einige Anstalten so weit gegangen, dass sie Badeshorts generell verbieten, es sind nur noch die modischen sexy Höschen erlaubt... die Jungen müssen halt den Vater fragen, ob so etwas noch irgendwo im Schrank vergammelt.

Wenn es um optische Belange geht, holen Männer gern die Expertise der Damenwelt ein. Selbst bei Themen, die vermeintlich rein männlich besetzt sind, zeigt sich, dass es letzten Endes die Frauen sind, die den allgemeinen Modegeschmack steuern:

»Koteletten! Hey sexy Ladies! Wie findet ihr eigentlich Koteletten beim Mann? Sollte man(n) sich die komplett abrasieren, einfach wuchern laßen, irgendwelche Muster reinrasieren, was meint ihr?«
(deaktiviert auf www.mädchen.de)

»Wie findet ihr Mädels solche Koteletten bei Jungen oder sieht es besser ohne aus?«
(kingkizaru auf www.gutefrage.net)

»Wie lang darfs sein – an den Koteletten! Ich würd gern mal ein paar generelle aussagen hören – wie lang die koteletten sein dürfen bzw. was ist aktuell angesagt, was ist sexy, was ist daneben, wie mögen es die mädels am liebsten…«
(knuddelduttel auf www.planet-liebe.de)

»Buschige Koteletten oder flach – Ein Kumpel von mir hat Koteletten die bis zum Kinn runtergehen. Er lässt die auch immer sehr buschig werden und stutzt sie nur ganz selten. Das sieht schon sehr bärtig aus. Findet ihr dieses Outfit okay oder sind Koteletten die flach gehalten und dünn rasiert wurden schöner?«
(Tim auf www.paradisi.de)

Zum Glück sind die Damen nicht um Antworten verlegen und helfen dem »starken« Geschlecht auch bei derlei herausfordernden Überlegungen:

»mein freund hat derzeit ne art backenbart – wie hugh jackman in x-men als wolverine. an ihm gefällt mir das super.«
(User 20976 auf www.planet-liebe.de)

»Lieber Gestrüpp an den Backen als zwischen den Beinen.«
(sun auf www.supernature-forum.de)

»Koteletten rocken gewaltig. Allerdings bloss gestutzt. Solche 3, 4, 5 cm langen Haare an den Seiten, wie sie in Urzeiten mal getragen wurden, sehen irgendwie komisch aus.«
(DerRabauke auf www.planet-liebe.de)

»Ich persönlich finde, dass koteletten gar nicht gehen. Ich kenn auch keine frau aus meinem umfeld die darauf stehen würde…«
(Winans auf board.raidrush.ws)

»Bei schöner und gepflegter Frisur sieht das heiß aus :-)«
(sarahmm auf www.gutefrage.net)

»Wenn die Frau Appetit (huch, doppeldeutig) hat, dann gefallen ihr Männer mit Koteletts, es sei denn, sie ist Vegetarierin.«
(Ulk auf de.answers.yahoo.com)

»GRUSLIG! Es sei denn, es paßt zum Rockabilly Outfit – ansonsten ›NO GO‹!«
(kalisto auf de.answers.yahoo.com)

»AW: Koteletten – Bart aus Nasenhaaren ist cool.«
(TBuktu auf www.supernature-forum.de)

»Freund möchte plötzlich einen Bart, gefällt mir absolut nicht.«
(Latizia auf www.med1.de)

Sofort wird deutlich, dass die Meinungen stark auseinandergehen. Und auch wenn Brad Pitts Attraktivität weder von Riesenkoteletten noch einem Zottelbart geschmälert werden kann, scheinen viele Frauen dem Haarwuchs bei ihren eigenen Partnern weniger aufgeschlossen gegenüberzustehen:

»Mein Freund lässt sich einen Bart wachsen – ich hasse Bärte! was tun?«
(Fiesta08 auf www.gutefrage.net)

»mein freund trägt einen schnauzbart und ich finde es grottenhässlich was soll ich tun?«
(Thunder82 auf www.gutefrage.net)

»Ich würde mich auch von meinem Mann trennen wenn der mit einmal Bart tragen wollen würde, ehrlich!«
(IGITT auf www.urbia.de)

Bei solchen Problemen hält die Damenwelt neben wenigen Ausnahmen zusammen. Sowohl physische (Abschneiden!) wie auch psychische (Liebesentzug!) Lösungsmöglichkeiten werden wohlwollend diskutiert, und schnell wird klar, wer am Ende die Hosen anhat:

»Rasier sie ihm nachts heimlich ab.«
(capricorn84 auf www.planet-liebe.de)

»Ganz einfach: Ist der Bart nicht weg, küss ich dich nicht mehr... Nach spätestens 2 Tagen sollte er sich im klaren sein.«
(swagisout auf www.gutefrage.net)

»falls du untenrum rasiert bist…lass es doch einfach mal wachsen oder falls nicht…biete ihm an, dass ihr euch beide rasiert…«
(Damian auf www.planet-liebe.de)

»färbe den schnurrbart in hautfarbe um, dann fällt es gar nicht mehr so auf.«
(mariechen3 auf www.gutefrage.net)

»sag ihm dass du keine Schenkelbürste willst.«
(KleineJuli auf www.planet-liebe.de)

»Was wäre, wenn dein Freund sich wünschen würde, dass du dir einen schicken Kurzhaar-Schnitt zulegst und du keine Schminke mehr aufträgst, damit er nicht immer Haare im Gesicht hat und er deine Schminke nicht schmecken muss bei jedem Kuss auf die Backe!? Der Bart ist seine Sache und ich finde, wenn du ihn wirklich liebst, dann kommst du gar nicht auf solche Gedanken…, sondern du nimmst ihn (ohne zu zweifeln) so wie er ist, so wie er sich wohlfühlt und du unterstützt ihn dabei.«
(Francescolg auf www.gutefrage.net)

Auch wenn die Meinungen in Sachen Attraktivität von Bärten oder Koteletten stark variieren, eine Menge Männer bzw. Jungs lieben diese Form von Kopfschmuck. Und so ist es nicht verwunderlich, dass eben jene Menschen Rat suchen, wenn der Bart nicht wachsen möchte wie gewünscht:

»Mein Bart will nicht wachsen... was tun?«
(XXL auf de.answers.yahoo.com)

»Hilft Immer wieder rasieren wenn man einen bart wachsen lassen will?«
(Lennyfoxy auf www.gutefrage.net)

»Wenn man sich Koffein auf die Kopfhaut oder ins Gesicht reibt steigt dann der Haarwuchs?«
(securityhm auf www.cosmiq.de)

»HILFE ICH WILL DAS MEIN BART SCHNELLER WÄCHST – WIE BEKOMMT MANN SCHNELLER BART ICH BIN 16 JAHRE ALT ABER ICH HABE ABER NUR ZIEGEN BART WIE WACHSEN DIE SEIITEN SCHNELLER?«
(ausama115 auf www.gutefrage.net)

»Warum wächst mein bart nicht – hallo ich werde fast 18 jahre alt und mein bart ist immer noch nicht gewachsen nur einbischen kan man mein schnurbart erkenen aber sonst nichts. wiso wachst der bart nicht? was kan ich dagegenmachen? weis das jemand von euch?«
(deaktivierter_User auf www.cosmiq.de)

»Warum ist der Bartwuchs bei manchen Männern total dicht, bei anderen armen Seelen aber voller Lücken?«
(OsterhaseBernd auf www.cosmiq.de)

»Mein Freund hat echt Probleme mit seinem Bartwuchs, der ist sehr ungleichmäßig... Erfahrungswerte? Ihm wachsen zwar Koteletten aber ansonsten ist der Bartwuchs einfach sehr unregelmäßig, was ihn eben auch stört. Hat jemand Tipps, wie man den Wuchs anregen kann, oder die perfekte Rasiermethode???«
(splashlight auf www.cosmiq.de)

Bei Fragen wie diesen entfalten die Foren ihre wahre Größe. Männer helfen Männern in punkto Schönheit! Was von Angesicht zu Angesicht kaum ausgesprochen werden kann, wird hier teilnahmsvoll beschrieben, hier werden Erfahrungen ausgetauscht und ja, hier wird sogar getröstet:

»Rasieren hat 0 Wirkung! Haarwasser auch keine. Die einzige Methode für dichtes Kopfhaar: Östrogen (wirkt auch bei Männern. Nebenwirkungen gaaaaanz harmlos: Busenbildung und Homosexualität) Für Bartwuchs: testosteron. (Auch hier ein paar kleine Nebenwirkungen bei Frauen: tiefere Stimme, Bart und Brusthaar, vergrößerte Klitories) Wer das alles nicht will: warten bis man so an die 50–60 Jahre alt ist. Babalou«
(Babalou2004 auf www.cosmiq.de)

»Natürlich wachsen im Laufe deines Lebens mehr Haare auf deinem Körper. Ich bin jetzt 32 und mein ganzer Bauch ist behaart. Vor 10 Jahren hatte ich da noch diesen erotischen Strich vom Nabel zum Hollala. Der wurde immer breiter und nun ist er so breit wie ich. Ich wette wenn ich 42 bin, werde ich auch ein paar Haare

auf meinem Rücken finden. Soviel also zum bauernschlauen Spruch: ›Wenn du rasierst wachsen mehr!‹ Bullshit!«
(Sellinx3 auf www.gutefrage.net)

»Du kannst also rasieren wie bekloppt. Das hat keinen Einfluss auf deinen Haarwuchs!«
(Lennox auf www.muskelschmiede.de)

»Das beeinflussen des bartwuchses ist nur ein pubertärer wille, wenn du meinst du bist schon erwachsen lös dich von diesem wunsch, rasieren wenn es richtig los geht ist sehr nervig.«
(ihefih auf www.gutefrage.net)

»Mehr Sex haben, dass die Testosteronproduktion gefördert wird«
(Nordgard auf www.cosmiq.de)

»Da hilft nur die bewährte Kombination aus Hühnermist und Honig!! Honig zieht, Hühnerkacke treibt. ALSO: Honig an den gewünschten Stellen AUSSEN auftragen, und den Hühnermist innen!«
(Nagual auf de.answers.yahoo.com)

»Streng dich ganz doll an.«
(jojo2201 auf www.gutefrage.net)

»Genetisch bedingte Normalie,die auch bei einigen Rassen zu beobachten ist.Eskimos und Indianer hatten keinen-

kaum Bartwuchs. Ich beneide dich- Ich muss mich Morgens und Abends rasieren um nicht wie ein Pirat auf der Flucht auszusehen.«
(VANQUISCH auf www.cosmiq.de)

Nicht nur Männern bereitet das Thema Haare Kopfzerbrechen. Auch die Frauen machen es sich nicht leicht, wenn es um ihre Mähne geht. Wenn man die Worte: »Hilfe, meine Haare« in die Suchmaschinen eingibt, purzeln einem die Probleme nur so entgegen:

»Hilfe – meine Haare sind total strohig!! Was macht sie wieder frisch?«
(Sonnenblume 195 auf www.chefkoch.de)

»Hilfe, meine Haare haben einen Grünstich!«
(becci16 auf forum.gofeminin.de)

»Hilfe meine Haare quietschen!!!«
(estrela auf www.beautyjunkies.de)

»HILFE! Meine Haare sind verknotet!«
(MiLKSix3 auf www.gutefrage.net)

»Hilfe! Meine Haare sind ständig elektrisch geladen!«
(Verena-V auf www.maedchen.de)

»Hilfe meine Haare werden nie lang!!!«
(lila auf www.pinkmelon.de)

»Hilfe: meine Haare machen was sie wollen!«
(littlekuecken auf forum.gofeminin.de)

»Hilfe, meine Haare machen mich emotional fertig!«
(KathiFacepalm auf www.haarforum.de)

Zum Glück steckt das World Wide Web voller Spezialisten bzw. mitfühlenden Frauen, die mit reichlich Know-how und Erfahrung bei fast allen Fragen weiterhelfen können. Schwierig wird es erst, wenn mehrere ungewollte Eigenschaften in Kombination auftreten, wie der Eintrag von Camiro01 auf www.gutefrage.net vermuten lässt: »Hilfe, meine Haare sind dick, lockig, länger und langweilig«

Wobei gerade das zuletzt genannte Attribut eine neue Dimension öffnet:

»was kann ich mit meinen Haaren machen? find sie langweilig.«
(Sunny Baby auf www.haarforum.de)

»Wie kann ich meine Haare interessanter machen? Ich habe fast jeden Tag die selbe Frisur – offen. Ich sehe mit Zopf/Zöpfen ziemlich doof aus, weil meine ganzen Haare halt hinten sind... Hat jemand Vorschläge, wie ich sie ›aufpeppen‹ kann?«
(snookie auf www.stylefruits.de)

»Brauche HILFE! meine Haare sind sauuu langweilig.«
(Nickicreepy auf www.gutefrage.net)

»Hallo ich habe ein Problem. Meine Haare sind glatt und langweilig. Was kann ich dagegen tun? Ich hab leider in der Früh nicht so viel Ziet um meinen Haare mit einem Lockenstab mehr Volumen zu geben: Ich hoffe ihr wisst etwas was mir hilft.«
(M_88 auf de.answers.yahoo.com)

»Bin so unzufrieden, meine Haare sehen so langweilig aus.«
(nine2005 auf www.urbia.de)

»*heul* Meine Haare sind sooo langweilig.«
(Cactus auf www.beautyjunkies.de)

Die Frisur ist für die moderne Frau viel mehr als nur eine Frage der praktischen Haarhandhabung. Die Frisur ist Ausdruck eines Lebensgefühls, ist ein politisches Statement, wenn nicht gar ein Manifest. Da ist es nur verständlich, dass Frauen sich sehr ausführliche Gedanken zu ihrer Haartracht machen und den Austausch mit engen Freundinnen wie auch völlig fremden Frauen suchen, um sich über ihre Wünsche diesbezüglich klar zu werden:

»Soll ich meine Haare abschneiden lassen???«
(flosse222 auf forum.gofeminin.de)

»Haarschnitt, wie soll ich meine haare schneiden lassen? morgen habe ich(w/13) einen Frisör termin. Und ich bin mir noch nicht ganz schlüssig, wie ich meine haare schneiden lassen will. Eigentlich will ich nur die Spitzen schneiden lassen. Also ich habe eher langes bis mittellanges blondes

dünnes haar. Und ich hab mir schonmal überlegt mir die haare ganz kurz schneiden zu lassen, aber ich trau es mir halt nicht, ich habe halt auch bedenken, dass meine haare dann Noch dünner aussehen, was denkt ihr?«
(FunnyPrincess auf www.gutefrage.net)

»Wie soll ich meine Haare schneiden lassen??? Ich hab momentan keine Ahnung wie ich meine Haare schneiden lassen soll.«
(mia921 auf forum.gofeminin.de)

»Soll ich meine Haare offen lassen oder nicht?«
(? auf de.answers.yahoo.com)

»Soll ich meine Frisur verändern?«
(Claudia1975 auf www.chefkoch.de)

»Soll ich mir die Haare wachsen lassen?«
(Gast auf www.glamour.de)

»Dringend!!! Soll ich meine Haare braun tönen?«
(biondina2110 auf forum.gofeminin.de)

Für Männer mögen diese Fragen schwer beantwortbar erscheinen. Für Frauen hingegen ist es völlig normal, sich mit derlei offenen Fragen an die Allgemeinheit zu wenden und gern noch weitere Informationen zur eigenen Haarvergangenheit, Erfahrungen mit Frisören, Erfahrungen von Freundinnen mit deren Frisören etc. in die Überlegungen mit einfließen zu lassen. Wie einfühlsam der Austausch zwischen ihnen sein kann, führt die leicht gekürzte Diskussion auf www.stylefruits.de vor. Er dreht sich um eine der schwierigsten und elementarsten Fragen, die es im Leben einer Frau geben kann:

Haare abschneiden oder wachsen lassen?

Frage von **JIS**

Soll ich mir meine Haare abschneiden oder sie wachsen lassen???

Liebe Früchtchen. Ich habe ein mehr oder weniger großes Problem: Ich wollte mir meine Haare eigentlich langwachsen lassen, aber ich mag diese »Übergangslänge« einfach nich und haben nun einen Termin beim Frisor machen lassen. Nun ist die Frage soll ich jetzt nur die spitzen schneiden oder soll ich sie ungefähr bis kurz vor den Schultern abschneiden?? Ich hatte noch NIE lange Haare!

Deshalb kann ich auch nich beurteilen wie das aussieht. Die zweite Möglichkeit hatte ich schonmal sah wirklich gut aus. Nun frag ich euch was finde ihr?... Wie habt ihr eure Haare?... Was sind die Trends?... Was finden Jungs besser?...

↳ Antwort von **classygirl**

»was finden jungs besser?« da solltest du dir dringend lange blonde haare zulegen, dazu passt am besten ein chirurgisch vergrößerter busen und mit aufgespritzten lippen, einem ultrakurzen minirock und highheels liegst du bei jungs immer voll im trend. ok, jetzt wieder ernst. ich habe lange haare, weil ich finde, dass das viel unkomplizierter und vielseitiger ist. ich bin also für spitzen schneiden. abgeschnitten sind sie nämlich schnell wieder, falls deine haare dir lang dann doch nicht gefallen

↪ Antwort von **Julia**
Naja, nicht jeder Junge steht auf Blond, liebes! ;)

↪ Antwort von **BarbieMaga**
Ey! Mal nicht so über Blondinen lästern! ;) Und zu deiner Frage: Ich persönlich liiiiiebe lange Haare und bin grad dabei sie mir bis zu dem Bauch wachsen zu lassen =) (Meine sind grad bisschen unter der Brust) Und das ist verdammt schwer, weil ich immer das Gefühl hab das sie nie wachsen =(Schneid sie bloss nicht kurz! Man könnte meinen kürzere Haare sind leichter zu frisieren, is nicht so... Meine Freundin hatte auch richtig schönes, langes Haar und hat sie sich bis zu den Schulter (sogar etwas kürzer) abschneiden zu lassen... Sieht 1. an ihr sau blöd aus und 2. quält sie sich voll ab mit dennen... Ich würds dir abraten :P

↪ Antwort von **Kaddi123456789**
hey JIS :) also ich kenne das auch: so diese mittellänge is echt ätzend: nicht kurz aber uach nicht wirklich lang. aber ich habs ausgehalten und es hat sich echt gelohnt weil meine haare jetzt viel besser aussehen wenn sie lang sind. also ich würd versuchen sie einfach mal wachsen zu lassen auch wenn das ein bisschen dauert-es lohnt sich! :) ich finde

dass fast allen leuten lange haare stehen und ganz nebenbei finden die fast alle jungs lange haare bei mädchen-wenn sie gepflegt sind- schöner und attraktiver ;)

↪ Antwort von **Fantessi*****

Hi :)! Kurz und knapp: Habe x Freundinnen, die sich immer mal wieder die Haare abschneiden, nur um sie dann wieder mühsam wachsen zu lassen. Weg mit der Schere, lange Sommermähne und fertig… und ab sind sie ja ganz schnell, wenn's Dir dann doch nicht gefällt.

↪ Antwort von **Marla Singer**

Genau das gleiche Problem habe ich derzeit auch. also ich hatte eine zeit lang 15–20 cm lange haare und das war auch echt ccol und pflegeleicht, aber nie die haar zu fleschten oder einen zopf machen war doof. Dann hatte ich jetzt 2 jahre lang immer einen schräg nach vorne längerwerdenen bobschnitt (kürzer als schulter). Ich persönlich habe mich jetzt dazu entschieden meine haare wachsen zu lassen ;) Ich probier gerne neues aus und so werden die bestimmt auch wieder kurz, irgendwann. Also eigentlich kommen natürlich schöne lange haare besser an, aber ich finde es kommt auch darauf an, wie der schnitt zu deinem gesicht passt ;) lass dich doch bei deinem frisör beraten, also ich habe ein schmales und ovales gesicht und finde, dass da eigtl. fast alle frisuren zu passen. OHHH jetzt fällt mir erstmal auf wie viel ich geschrieben habe sorry ;) LG
deine marla.

↪ Antwort von **kattasun**

Liebe JIS, diese Diskussionen kenne ich zu genüge… Ich selber trage meine Haare immer zwischen GANZ kurz und Boblänge. Einmal hab ich es geschafft Sie auf Schulterlänge wachsen zu lassen und das sah SO schrecklich aus! Mega langweilig und ultra brav. Nicht jeder ist der Typ für lange Haare so wie nicht jeder der Typ für kurze Haare ist… Lass sie doch wachsen und probier es aus. Wenn es dir nicht gefällt schneid sie wieder ab… ganz easy! ;)

↪ Antwort von **mina89**

hey hoffe ist noch nicht zu spät. ich kenn das problem hab auch gerade diese übergangslänge und mir gefällts auch nicht. Hatte bis vor ein paar monaten lange haare (bis unter die Brust) aber irgendwie fand ich die langweilig deshalb hab ich mir nen bob schneiden lassen das hat mir auch gut gefallen . trotzdem möchte ich sie jetzt wieder wachsten lassen. kannst die phase ja mit zöpfen oder nem dutt überbrücken. mein freund fand übrigens beide längen schön. hoffe konnte dir helfen:)
ganz liebe grüße
mina

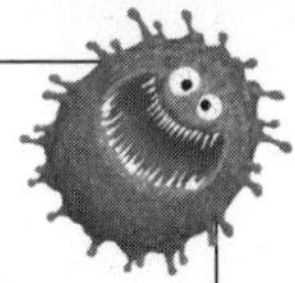

Best of kluge Forensprüche und lustige Signaturen

- Gib einem Mädchen die richtigen Schuhe, und sie wird die Welt erobern.
- Eine schöne Frisur versteckt hässliche Füße. (irisches Sprichwort)
- Warum wachsen den Männern Bärte? Damit man das Gesicht vom A… unterscheiden kann.
- 60 % aller Schlägertypen spielen Killerspiele – verbietet Killerspiele! 100 % aller Schlägertypen tragen Unterhosen – verbietet Unterhosen!
- Wer Jogginganzüge trägt, hat die Kontrolle über sein Leben verloren. (Karl Lagerfeld)
- Nieder mit der Intimrasur! Es lebe die Filzlaus!
- Ich bin eine Frau, und ich habe das Recht, nicht zu wissen, was ich will.
- Früher war ich in modischen Fragen unentschlossen, heute bin ich mir da nicht mehr so sicher.
- Eine Frau ist das einzige Geschenk, das sich selbst verpackt. (Jean Paul Belmondo)
- Auch Wolkenkratzer haben mal als Keller angefangen.
- Schönheit zieht besser als Ochsen. (englisches Sprichwort)
- Wer sagt, dass man Glück nicht kaufen kann, hat keine Ahnung von Shopping.

SCHLUSSWORT

Das Internet. Ein Ort der Magie. Ein Ort, den es gar nicht gibt und der doch überall ist. »Es gibt kein richtiges Leben im falschen«, schrieb Adorno vor mehr als 60 Jahren. Damals gab es noch kein WWW. Heute würde es Adorno oder ein Mitglied seiner philosophischen Bezugsgruppe vielleicht anders formulieren, etwa folgendermaßen: »Es gibt kein reales Leben im virtuellen.« Doch kann es nicht sein, dass Adorno irrt, bzw. seine Trennung von richtig und falsch nicht funktioniert? Denn stimmt es nicht auch andersherum, sprich: »Es gibt kein falsches Leben im richtigen«, und ist dieses letzten Endes nicht ein Beleg dafür, dass wir alle potentiell einen an der Festplatte haben?

Aha, mag jetzt der eine oder andere denken, hier will der werte Herr Autor wohl ein bisschen die Wahrheit verdrehen und uns seine eigene Sichtweise pseudo-philosophisch herleiten. Uns Lesern möchte er anscheinend die Botschaft unterjubeln, dass es gar keiner Trennung zwischen virtueller und realer Welt mehr bedarf, dass sich die beiden Welten womöglich zu einer (besseren?) Welt symbiotisch vereinigt haben, um uns User-Menschen ein erhebendes Lebensgefühl vorzugaukeln. Das könnte natürlich sein.

Was macht man, wenn man den Autor eines argumentatorischen sagen wir »Kniffs« überführen möchte? Man nimmt seine Beweisführung auseinander und beginnt damit am besten gleich am Anfang. »Adorno hat er gesagt«, das riecht doch schon nach Posing und vorgetäuschtem Tiefgang! Da wollen wir doch mal schauen, was jener Herr so getrieben hat und ob der Herr Autor sich da nicht einfach eigennützig eines wahllos herausgepickten Satzes bedient und diesen für seine eigenen Botschaften instrumentalisiert hat. Das haben wir doch gleich, tipptipptipp, schnell Adorno in die Suchmaschine eingegeben oder noch besser, sofort nach »Es gibt kein richtiges Leben im falschen« gesucht, tipptipptipp. Mal sehen, was sich da so finden lässt …

Und jetzt ist es der Autor, der ganz laut »Aha!« ruft. Denn was gibt es Schöneres und Erhabeneres, als den Diskussionsgegner stante pede bzw. in flagranti und mit lol, rofl oder roflmao* dabei zu erwischen, wie er aus Versehen die gegnerische These untermauert? Wo hat der Leser doch gleich nach Adorno gesucht? Im Internet! In einer Suchmaschine! Wo wird er fündig werden? Na klar, im Internet! Beispielsweise in einem Webforum.

Wenn es in diesem Jahrhundert noch eines Beweises für die These bedurft hat, dass es keine Grenzen mehr zwischen echt und unecht, real und virtuell, online und offline gibt, dann ist er hiermit erbracht. Du bist Elwislebt, Du bist sumsenistbuper2000! Und zusammen sind wir alle das Internet. Die Freiheit wächst zentimeterweise, macht alle mit – let it grow!

* »laugh out loud«, »rolling on the floor laughing«, »rolling on the floor laughing my ass off«

Auch Sex kann ins Auge gehen …

160 Seiten. ISBN 978-3-442-37915-6

»Herr Doktor … Ach, schauen Sie selbst.« Man möchte nicht in der Haut des Arztes stecken, dem in der Notaufnahme das Resultat eines Sexunfalls präsentiert wird … Für dieses Buch haben die Journalisten Laila Kühle und Detlef Dreßlein die absurdesten Erklärungen, die unglaublichsten Geschichten und die tragischsten Unfälle bei der nur auf den ersten Blick schönsten Sache der Welt recherchiert und zusammengestellt.

Lesen Sie mehr unter: **www.blanvalet.de**